W0283666

Utz Rachowski

Die Dinge, die ich vergaß

Gedichte aus fünf Jahrzehnten

Auswahl der Gedichte:
Ewa Matkowska und Lyz Pfister

P&L
EDITION

Alle Rechte vorbehalten, insbesondere das Recht der mechanischen, elektronischen oder fotografischen Vervielfältigung, der Einspeicherung und Verarbeitung in elektronischen Systemen, des Nachdrucks in Zeitschriften oder Zeitungen, des öffentlichen Vortrags, der Verfilmung oder Dramatisierung, der Übertragung durch Rundfunk, Fernsehen oder Video, auch einzelner Text- und Bildteile.

Die Rechte aller in diesem Band abgedruckten Texte liegen bei den Autoren. Die Texte wurden von den Autoren zum Abdruck in dieser Anthologie zur Verfügung gestellt.

Copyright © 2018 by *P&L Edition*, ein Imprint von Bookspot Verlag GmbH
1. Auflage

Satz/Layout: Martina Stolzmann
Covergestaltung: Martina Stolzmann
Titelmotiv: »Metaxy« von Thomas Beurich, 2015

Druck: CPI – Clausen & Bosse, Leck
Printed in Germany
ISBN 978-3-95669-098-3
www.bookspot.de

INHALT

Ich bin fest überzeugt, dass man in der Welt mehr verlieren kann, als das Leben.

Novalis

I

Verstreute und unveröffentlichte Gedichte
(1981- 2017)

ALINE CHARIGOT

Im letzten Winter

habe ich
nicht gefroren

das kam
ich liebte ein Mädchen ganz aus Blau

Zu Markte wie Obst trug ich mein Herz!

Sie war diese schöne Brünette
aus Renoirs DIE REGENSCHIRME

Ich ein WASSERMANN lud sie ein
zum FRÜHSTÜCK DER BOOTSFAHRER

Zu blauäugig war ich letzten Winter!

Sie aber war schon im Bilde
und ließ mich vorüberziehen

1998

AMOURE AUS DEM LAND DER ELTERN

Herr Hitler, Adolf, liebte Frau Holle, Fee,
die dralle Blondine aus Hessen,
die unter der Achsel die Kainsrune trägt,
die Schnee sät
in die bleiche Welt, ein blaues Gas.

So leise schwer war dieses Märchenstück.
Vater Mutter haben nichts bemerkt.
Und erzählten andre Märchen.

12.12.91

STRAßEN, DIE ES NICHT MEHR GIBT

Ich habe ein Foto
von Straßen
die es nicht mehr gibt

Ich hab' mir ein Bild gemacht
seit zehn Jahren nicht mehr
vom LEIPZIGER OSTEN

Ich habe gelebt
und kann nicht zurück
in Straßen, die es nicht mehr gibt

Wewelsfleth, Sommer 1989

ALTES HANDWERK

Vom Saulus gewandelt
legendär
blieb der Apostel Paulus
nichts geringeres als ein IM der Römer

Im Sommer sah ich die Stelle:
Philippi unweit der Via Egnatia
bei Kavala das damals Neapolis hieß
Hier setzte er seinen Fuß nach Europa
der Verräter der Urchristen erstmals

Auch Alexander der Große war hier
er sammelte das Mazedonische Heer
für die Eroberung der Welt
nicht geringeres ehe er weiterritt
nahm er die Sitten der Besiegten an

Antonius und Oktavian schlugen auf der Ebene
Cassius und Brutus bevor sie einander bekämpften
Oktavian Kaiser Augustus wurde Im Hintergrund
der Berg Pangeion ist noch immer Dionysos geweiht

In Venedig entkam Casanova den Bleikammern
als junger Mann und Europa stand ihm offen
schon ergraut durfte er zurückkehren:
Als Spitzel für den Hohen Rat seiner Stadt

Der Judasbaum hat seine Funktion erfüllt wie der Stahl
des Dolches der Christopher Marlowe ins Gehirn stach
das *Faust* und *Der Jude von Malta* schon verlassen hatten
wegen seines Königs soll keiner in der Kneipe sitzen ganz Ohr

Warum mein Freund an den ich denken muss
wenn ich herumkomme und die Zeichen lese
erscheint mir dein Verrat nicht gering
als wiesen die Stelen alle auf dich ...

1997/98

DANTES STEINERNE AUGEN

»Der Tod wird kommen, und er wird deine Augen haben.«
Cesare Pavese

Die Städte Venetiens
immer die Paläste
der Kapitäne mit Markuslöwen
denn Seefahrt hängt an Flügeln

Die von der Etsch
auf einem Arm serviert
kleines Rom aber ghibellinisch
trägt der einzigen Julia Balkon

Ein Mann steht weißer Strich
leicht beschissen
wie alle die ohne Heimat sind
in Abwesenheit verurteilt zum Tode

Ende Dezember verfängt sich die Sonne
in der Loggia del Consiglio
das neue Jahr tritt ein als Schatten
des alten am Palazzo della Raggione

Der Stein der Augen Dante Alighieris
folgt dem Skaliger Stein nach Florenz
Exil ist Luft aus Inferno und Purgatorium
vollkommene Abwesenheit von sich selbst

Dieses eine Mal aber irrt der Mann
der Tod kommt von hinten
von Ravenna herüber
am langen Arm Theoderichs

er hat die Augen Beatrices

1998

BLICKE

für Andrzej Więckowski und Włodzimierz Nechamkis

An einem eiskalten Sonntag
im November
und es war nicht »Totensonntag«
verließ mich meine Frau.
Ich spürte im Nacken
die höhnischen Blicke der Nachbarn
als ich nachmittags aus dem Haus ging.
An diesem Tag war ich auf nichts vorbereitet
aber plötzlich zwischen zwei U-Bahn-Stationen
sah ich die gläsernen Augen der Emigration.
Es waren der trunkene Atem ewiger Fremde
die kalte Hand einer Verworfenen die
wiederzutreffen man nicht mehr gerechnet hatte.

Sie lugten vor hinter den aufgeregten
Schlagzeilen der Tagespresse mit denen
die Fahrgäste ihre Gesichter bedeckten
sie saßen auf dem goldenen Rand der Brille
eines Studenten der ethnologischen Wissenschaften
erwarteten mich unter dem tanzenden Herbstlaub
zielloser Rolltreppen
sie sahen mich ohne Gnade.

Es waren die Augen einer Schlange
vor Urzeiten
hatten sie mich aus dem Paradies vertrieben
jetzt zwischen zwei U-Bahn-Stationen
erkannten sie mich wieder.

Während die Gedanken in den Schoß
meiner Frau stachen
tappten sie her vor der einbrechenden
Dunkelheit folgten den Schreien
der Hinterhöfe die wie jeden Tag
qualvoll mit der Dämmerung rangen
aber heute nicht müde wurden

denn es war Sonntag ein eiskalter Nachmittag
im November als ich
in die Augen der Fremde sah.

Westberlin, 7. November 1982,
Erstveröffentlichung: Übersetzung in der polnischen
Exilzeitschrift Archipelag, *Herbst 1983*

GIULIETTA DE CAPULET

Weißes Papier geblieben
Ist das Glück

Nicht aufgefunden
Downtown Verona

Es hängt ein Balkon
Dreimal gewunden der Fluss

Der hinreist ist
Immer der Gleiche

Weinten wir nicht
Als man uns schlug

Träumten wir nicht
Die Orgien seien in Rom

Blau
Verwundert manchmal

Abends in Blasewitz
Verwundet blau

5. Januar 1997

LETZTER BRIEF VON HAMLET

»Nur meine und deine, die Stimmen ...
Enträtseln wirst dies alles du allein.«
Anna Achmatowa

Ich schreibe dir schreibt Hamlet
ich habe gesehen
das Vogtland die Sonne den Himmel
nachts ab elf die Sterne manchmal
ertrunken über dem Januarschnee
der vogtländische Himmel dröhnt
ich habe gesehen immer ab elf
den Krieg über meinen Kopf hinweg

Hamlet schreibt einen Brief

Morgen achtuhrfünf fliegst du
von Klotzsche nach Sharm El Sheikh
die Seele führt Blut kann essen und sterben
schrieb Moses im dritten Buch dein Krieg in mir
schreibt Hamlet in dieser Nacht

»Zweifl' an der Sonne Klarheit
Zweifl' an der Sterne Licht«
sagt tags der Buchhändler:
heute Nacht haben sie Truppen verlegt
über uns waren die großen Transporter

»Zweifl' ob lügen kann die Wahrheit
Nur an meiner Liebe nicht«
schreibt Hamlet non stop
morgen achtuhrfünf fliegst du
von Klotzsche nach Sharm El Sheikh

Hinauf zum Berge Mose willst du steigen
und dein Karma finden auf dem Sinai
denn dein Leben sei auf Sand gebaut
auf den Kaßberg von Karl-Marx-Stadt
seit die uns von damals trennten

und ich in Walter Jankas Zelle saß
überm Urteil dieses Volkes Namen
dessen Schweigen wir gebrochen
wußt' ich nichts von andrer Schuld
damals sprach ich dir vom roten Dornbusch
der wie meine Schwüre nie verbrannte
um den Fuß jenes Berges treibt der Sand nun
meine Worte deine Hand wird sie begreifen
morgen fliegst du ab von Klotzsche
achtuhrfünf nach Sharm El Sheikh
schreibt Hamlet in dieser Nacht

Dein Krieg der in mir dröhnt
über mein Herz hinweg
Schatten ziehen am Himmel
ertrunken über dem Januarschnee
gegen die Sterne sah ich
so weiß wie mein Gesicht
die großen Transporter flogen
Richtung Persischer Golf
schreibt Hamlet in dieser Nacht

Im Osten fällt wieder der Schnee
vom vergangenen Jahr aber du
willst es warm haben
auf dieser Welt ich weiß
morgen achtuhrfünf fliegst du
von Klotzsche nach Sharm El Sheikh
und geh' ins Kloster wenn auch in Klotzsche
Krieg ist ich habe dich nie geliebt
schreibt Hamlet eine andere vielleicht
eine Göttin vom Roten Meer in andrer Zeit
aber in mir scheint die Sonne nicht mehr
im Vogtland hörten die Sterne zu leuchten auf
die Dornen die wir setzten unserem Volk sind Asche

Ich habe nur noch Angst um mich selbst
schreibt Hamlet und einer wie dir
passiert vielleicht nichts aber mir
beides – in deinen Augen sah ich die grünen Schiffe

ziehen gemächlich nach Arkadien hinauf ohne Hast
schrieb ich dir
der Krieg über meinem Kopf dein Krieg in mir
morgen von Klotzsche
nach Sharm El Sheikh fliegst du
um achtuhrfünf
von einem in den anderen

Schreibt Hamlet in seinem letzten Brief

Der Rest ist wenn du dich erinnerst und
meine Worte je dir etwas sagten Schweigen

Januar 2003

DER DICHTER ERLAUBT SICH

Das ist so in meinem neuen Land
der alten Stadt der nicht mehr grauen
besten Faschismus
machten sie die Leute hier
so deutsch warn' sie
römischer noch als die Cäsaren.
Und bester Sozialismus kam über sie
so dass sie einfach jubeln mussten
und machten ihn noch besser
unverbrüchlich brüderlich wurden sie
zu falschen Slawen (obwohl: die Tschechen
und Polacken können sowieso nicht arbeiten
gleich unter welchem Stern, dem roten oder
mit dem gelben).
Und machen jetzt in Demokratie
der besten aller schlechten Beugungsformen
(als Sklaven sehen sie es ein).
Und manche nahmen selbst die neue Uniform
vom Haken, die frisch gebügelt hing im Schrank
nach blutleeren Revolutionen
ein seltener Opfergang man sieht hier
wer die wahren Opfer sind und zu entlohnen

(wer wirft sein Frisch-Gebügeltes schon weg!)

Der Dichter aber erlaubt sich
auszuspucken
doch dieses Spucken ist nicht
jenes wie – läuft eine schwarze Katze
dreimal tags vorbei – du dich umdrehst
neunmal geifernd und doch die Jacke nicht
benetzt, weil der Gegenwind die Kleidung
rein hält, von dem – der da ungehörig spuckt.

Man darf die schwarze Katze nicht verwechseln
mit euren Stiefel-Füßen
und meinen hellen Stern nicht
mit dem der oft auf dunklen Pfützen tanzt
und den ihr längst zertratet
denn ihr habt stets das Beste nur gewollt
und wart unterwegs auf neuen Wegen
als ihr in stetem Wahnsinn über mich hinwegmarschiert.
November 1993

DER KALTE KRIEG IST LANGE VORBEI

Mein Herz war schon 'ne Kugel
Eis und ich ging wieder los
zum Checkpoint Charly
wo jeden Tag die Russen stehn'
mit Marussjas Babuschkas
und Armbanduhren
denn ihre Zeit lief ab
ich fragte gleich nach *Makarow*
und schlug die Augen nieder
auf jenen bronznen Strich
wo einst die Mauer stand verlegen
der Russe sagte kanjeschno klar!
kannst du die haben für achthundert
ich sah jetzt in den Himmel überm
alten Postenturm und dacht' an dich

am Strand von Sharm El Sheikh
umarmt mit einem Andern
der Russe fragte und wie viel Schuss
das macht dann nochmal zehn pro Stück
ich lass auch mit mir handeln
ich sah ihn an und sagte – *einen*
und spürte wie die Mauer wuchs
der Russe sagte dass kann ich nicht
und sah mit mir zum Himmel
als sucht' auch er dort Rat
er gab mir dann für'n halben Preis
'ne alte Taschenuhr mit Deckel und
und drei Parzen drauf er rief mir nach
komm' nie wieder lass *die* entscheiden
die Zeit der Helden gegen sich ist aus
und lass dich demnächst scheiden!

Ich ging zurück zum Mauerstrich
aus Bronze rief nein! das hast du falsch
gelernt an deiner dummen Schule
nicht schießen! waren deren letzte Worte
sie wollten keine Helden sein nur Liebe
wie du und ich der Russe rollte die Augen
sagte bewiesen ist nichts Jessenin hat noch
gespart an seinem Strick ein echter Bauer
was soll hier Liebe wer glaubt noch dran
höchstens mal du und ich als könnt' ich's
riechen einen Schuss verlangt ihr dann
und die Großmütter bleiben stehn' auf dem
Tisch ineinander verwundert und schön
komm jetzt sagte ich – du Großmutter!
zog den Russen am Mantel aus Pelz
lud ihn ein ging zwei Schritt' nebenan
von *Makarows* Geld noch kräftig einen
zu nehmen hinein ins »Café Adler«
zu diesen traurigen *Menschen*!
wir schrien' ziemlich rum sangen einander zu
»Ach lass die Kraniche mit ihrer Trauer ziehn'«
und »Rede – Genosse Mauser!« und nochmals
»Bedauer' nichts und nichts mehr tut noch weh!«

auf allen Stühlen saß der *Neue Mensch*
nicht Mann noch Frau nicht warm nicht kalt
seine Berufung – er hat die Liebe aus der Welt
geschafft glotzte rum blieb aber stumm
– wir polierten ihm seine vielen Fressen!

Gib's diesen Vögeln! rief der Russe mir zu
bei *vögeln* dacht' ich wieder kurz an dich
zog meine Taschenuhr ließ die Parzen kalt
springen das beruhigte sogar den Russen
wir zogen heim unter friedlichen Himmeln
wollten den Baikal auf einer Nussschale zwingen
es war schon spät am Tag während du sankst
unter dem gleichen Himmel erschöpft
aus dem Arm des Anderen
unten am Strand von Sharm El Sheikh
der Krieg war längst vorbei so schien's uns
mir und dem Russen der mir verweigert die Wumme
gerettet! es schlug mein Herz geschwind zur U-Bahn
es war getan fast eh's gedacht – wir fuhren schwarz
ich hatte noch Bier im Schrank und leere Flaschen
mit Pfand der Russe sang in meiner Küche
von schwarzen Raben und Kranichen schneeweißen
wir bedauerten nichts und mir tat nichts mehr weh
Ich habe gewartet einen Winter auf dich

2003

EINMAL KOMMT ALLES

Es kommt immer zusammen
Finanzamt Moskau und Lilja Brick
Pavese und Turin *the american actress*

NICHT WORTE. EINE GESTE. ICH WERDE
NICHT MEHR SCHREIBEN.
LILJA LIEBE MICH.

Das Hotel immer nahe am Bahnhof
durchgefallen
für Rom eine schwarze Schlange

Du schweigst
geritzte Ader und Genosse Mauser
das leere Röhrchen ist ein Ende

zu zweit der letzte Traum
vom Blauen Wunder

einmal kommt alles zusammen
für uns
und was wir darüber wussten

Januar 2003

MEIN SCHWARZER FLUß

Ich bin mit dem schwarzen Fluss diesen Abend
Der kommt von Wolkenstein her
Noch weich von den Weinbergen bei Meißen
Den Traubenjahren meiner Herbste
Prall von unvorbereiteter Bitterkeit
Ich fuhr die Zschopau immer hinauf

So einen Oktober hatten wir nie
Sagte einer und »Stasi« war nie
Der Herr der mich ein Stück Taxi fuhr

Hat wohl niemals geliebt nahm nicht teil
Seine Hände nie in zwei Ringe gelegt
Und doch ich hatte den doppelten Herbst

Ein Blatt vor dem einzigen Mund im Verhör
Danach das gewendete Blatt zwanzig Jahre
Das du gelegt auf mein Oktoberherz
Am Abend eines Tages ich glaube du
Hattest Geburtstag fuhr ich schließlich
Hinauf in die Schwärze der eigenen Bitternis

Entgegen immerzu fast bis nach Wolkenstein
Nur zögernd begleitet vom seitenspringenden Mond

Der erzählte mir Märchen die kannte ich schon
Es war einmal: die Weiche der Städte die unter Trauben
Leben es lehnen auch die Seelen der Menschen dort weich
Nichts weiter hab ich erfahren nichts weiter jemals vom Herbst

Am Abend fuhr ich ganz hinauf in die andere Gegend
Fast bis nach Wolkenstein der Zschopau entgegen dort
Wo es ein Du schon lang nicht mehr gibt heute Abend
Aber wo wohnst du denn jetzt bittere Liebe?
Wolkenstein der harte der Oktober aus Stein
Ich hörte du wirst ein Haus bauen im Weinberg

Das Maximum der sonnigen Stunden seit Beginn
meiner Aufzeichnungen

Zschopau, 10.10.2005

GENÜGEND TABAK

Hoffentlich
auf der Heimfahrt
hoffentlich reicht der Tabak

für den Fahrschein das Geld

Hoffentlich die Absicht
heimzukommen
bleibt bestehen

Hoffentlich ist es
ein Heim noch

Unterwegs versprechen

dies
viele Ziele

28. März 2008

HERRNHUT

I

Wie ich's
mir
vorgestellt hatte

tonangebend
die Hauptstraße

daneben ein wenig Zank

aber unter Brüdern

II

Christophorus hat vier Räder
mit Essen drauf

Johannes d. T. isst Heuschrecken
mit wildem Honig*

in der Diakonie
wohnen

die's Rad abhaben
alle

unterm vielspitzigen Stern

des einen Wunders

Herrnhut, 6. September 2010

---

* siehe Matth.3, 1 – 6

AUF DER HÖHE

für Jack und Rick

der Weiße Turm

höher
als Homburg vor der Höh

höher
zieht ein Flugzeug nach Frankfurt

Isaac Sinclair beschäftigt
Bibliothekar Hölderlin

vom eigenen Gehalt
den Pfad nach Frankfurt

den Hölderlin-Pfad
kann man mit gleicher

Schwermut gehen
den eigenen Untergang

langsam
hinauszögern
Sinclair ist schon verhaftet

immer in Erwartung
der einzigen Nachricht
gereicht durch die Hecke

am Adlerflychtschen Hof
die Antwort auf
Wem sonst als Dir

Bad Homburg v. d. H., 16. September 2010

K.W. JERUSALEM

Der überwältigte einzelne Mensch
das Vor-Bild der Fall
überwältigend

formt
schließlich den Dichter

Mit etwas Glück
das manchmal

dem Tod folgt

dem einen
oder
dem anderen

Bautzen, 1. September 2010

WETZLAR, 30. Oktober 1772

für Birgit und Eckhard

Vorbild
Vor-Bild

für suizidale Nachahmer
und einen Künstler

ansonsten
die üblichen Touristen

Goethes unrunder Geburtstag
noch sommerlich

zwei germanistische Damen
pünktlich um 17 Uhr

gingen
aus Jerusalems Haus

ratlos
erstaunt sah ich

jeden Kniefall
richtest du

am Ende

gegen dich selbst
Jerusalem. Jerusalem.

Wetzlar, 24./25. August 2010

PERTUBATIO DOMESTICA
– EDUARD MÖRIKE IN FELLBACH

»Nichts schien mir nun natürlicher,
als das gelebte Ende der Tragödie
dem geschriebenen Fragment anzufügen«
Stefan Zweig

I

Was war nun der brennende Wagen – ?
das abendliche Leuchten.

Sah einer im *Perspektiv*
auf den Wiesen nach Cannstatt hin.

Das Feuer am letzten Horizont
auf dem die Eisenbahn lief.

Das nie erklärte Ereignis
im Herbst 1873, den 11.Oktober.

»… es schien zuweilen vorwärts zu laufen,
dann wieder still zu stehn.«

Ein Zeichen das vorausging
einem anderen Herbst – 31.Oktober 1910.

Einer menschlichen Sternstunde.
Einer lebte die Perspektive.

Stuttgart – Fellbach.
Jasnaja Poljana – Haltepunkt Astapowo.

Eine Reise für sieben Wochen.
Eine Flucht in drei Tagen.

---

pertubatio domestica – »heftige häusliche Unruhe«, ein Zitat Mörikes aus dem Jahr 1871, zwei Jahre *vor* seiner »Flucht« nach Fellbach

– »in Trauer und sehr alt« (Mörike)
»Die Flucht zu Gott« (Tolstoj) –

Die Dichter unendlich im Ruhm
müde und alles gesagt.

Depressionen und Tod.
Und die verlassenen Frauen.

»Durch Klagen rührt man
nur den Grund der Klage auf ...«

Der deutsche Pfarrer
ein russischer Graf.

II

Die sich nicht traut
die Welt feiert gern

die Abschiede derer
die bezahlt haben.

27. Aug. 2008

STARS AND STRIPES

Dieses Jahr das Papier
blieb weiß
Schmetterlinge

Kamen
schwiegen lang

Die Schönheit
selbst
nahm fort die Worte

Brandenburg
sah nicht einen Preußen

Floh Kanonenfutter
das ich sein sollt'
meinem Jugendland

Tiefster See
deine Cotton Sommertasche

Flügelstreifen
Amerikas Fee
Lippen deine Schmetterlinge

Naschten rum um Molly Charly
Checkpoint Charly

Cheerio bye kanjez adieu
keine Lüge in der Tasche
Der lauteste Schuss

Eiderenten setzten
auf im See

Brachten mit sich
nur sich selbst
nicht das Vorher

Und kein Nachher
Freiheit
Lässt sich nicht
erinnern Sterne Stare
schwärmten

Schilf im Schnabel
der Süden war kein Ziel

Bautzen/Berlin, 24. August/14.Oktober 2009

NECKAR – NIAGARA

für Laurel

Ich stehe an einem Fluss
in dem
die Romantiker badeten

Du an den Niagarafällen
in diesem Fall
wird ein *fall* unser Leben

Ja, es wird Herbst

15. August 2008

KEINE ANGST VORM FLIEGEN

Flugzeuge fliegen westwärts
und man gewinnt

während die Stewardessen
leise flüstern stundenlang

Leben ostwärts verliert
man es braucht viel Zeit

im Topkapi-Palast vielleicht
sich den Harem zu erträumen

das gegenteilige Erschrecken
zu Poes Tanten-Haus in Baltimore

zuviel Weite zuviel Enge
in beiden: im Eros und im Tod

die Sultans-Damen sind Staub
Poe tot aufgefunden

in fremden Frauenkleidern
man findet

sich schwer zurecht auf der Welt

Keine Angst vorm Fliegen
westwärts und ostwärts

nur vor dem Flug ohne Ankunft
wenn wir nicht mehr dabei sind

ohne abgestürzt zu sein

28. März 2011

KÜSTENSCHIFFE

Die Schiffe vor den Küsten
beim ersten Mal
hielt uns ein Gewitter ab
vom vogtländischen Meer
dann fuhren wir
bis das Meer schwarz wurde
den Bosporus hinauf
Joghurt weiß wie Unschuld
blau trieb EFES *
vorbei als leere Büchsen

Unser Ziel noch diesen
einen Sommer
im Oktober

28. März 2011

---

* EFES: türkisches Bier

WARST
DU IN ISTANBUL

leicht

ist es
alle Kuppeln

wieder
zu finden

allein
zu Haus

die Zuckerdose
die Mühlen mit Pfeffer und Salz

machen
die erste Moschee

Cremedosen Parfümflacons
die zweite

aber damit
ist Istanbul

nicht zufrieden

Istanbul
genügt sich selbst

nichts genügt
Istanbul

was zum Hausrat
zählt

denn
zu Hause

ist ein ferner Ort
weitab vom Geheimnis

25. Oktober 2009

ANDALUSIEN,
ZWEI GEDICHTE STAMPFENDEN FUßES

für Nadja und Jorge

Am Nachmittag war noch Sommer

im Dezember kein Wölkchen
die Berge landeinwärts kahl

Olivenhaine und weiße Städte
was sonst noch zu sagen ist

über Andalusien
für Nadja und Jorge

von einem deutschen Poeten

Am Morgen dozierte Francisco
der Professor den Studenten

meine Poesie sei völlig
untypisch für deutsche Lyrik

keine Erklärung zuviel
die Details zum Weiterdenken

aber sehr nahe
der andalusischen Poesie

Ich war glücklich
wir fuhren nach Ronda

zum 6-Gänge-Menü
Ragout vom Stier für mich

für Nadja Huhn Jorge nahm Wild
darüber vergaßen wir Rilke

in Ronda sämtliche Kathedralen
sahen die Brücke über den Fluss

die *»Vagina Andalusiens«*
Schlucht die ich offenbar kannte

und alle andalusischen Hunde
liebten mich heiß

vielleicht um deinetwillen
Suki, letzte Liebe, Hündchen

Dein pennsylvanisches Grün
dein schönes *Indian Summer* Braun

ich weiß wo du zu Hause bist aber
nicht wo meine Worte herkommen

wenig Erklärungen die Details
zum Weiterdenken irgendetwas

zwischen Hund und Stier
Salzstreuer und einer für Pfeffer

ein schwarzer Bulle und ein Torero
in roter Mantilla gekauft in Ronda

Auf der Rückfahrt nach Malaga
der Mond purpurn am Himmel

holte sich einen Weihnachtstern
in seine Schüssel suchte ich

ein zweites Paar Gewürzstreuer
aber es gab nur noch diese Kühe

schwarz und weiß denen man nicht
trauen kann wie deutscher Poesie

sie geben nur Pfeffer und Salz

Von den Küssen und den Seufzern,
von den Tränen und den Klagen
weiß man, woher sie kommen,
doch niemand weiß, wohin sie gehen
Cantares, Zigeuner-Flamenco

DER FRIEDLICHE KAMPF

Wie der Stier bin ich
zur Trauer geboren
Miguel Hernandez

Im kleinen Gehege aus Holz
eine Arena
auf meinem Küchentisch

schwarz und schwarz-rot
die Hörner die rote Mantilla
stehen sich gegenüber

Torero und Stier:
Salz- und Pfefferstreuer
friedlich in meiner Küche

nur die Sonne Andalusiens
vermissen sie
das Meer und ich euch

Berlin, Samstag, 7. Dezember 2013

BEGEGNUNGEN

für Karsten

Wie du

in Rom
die erste

ionische Säule
sahst

den geduldigen Marabu
im Slam von Nairobi

auf einem Jakaranda-Baum

mit der selben Gelassenheit

im gleichen Alter

wie du

Naivasha, Kenya, Oct. 3, 2013

SOPA LODGES, NAIVASHA, KENYA

Die
aufsehen beim Fressen

wenn wir sie blenden
schießen wir ab

sie könnten
aggressiv sein

sagte der Rancher
freundlich

er meinte

die Hippopotamus

Berlin, Mo, 7. Oktober 2013

DIE GIRAFFE

Ich hatte noch nie
eine Giraffe gesehen

in freier Natur

am ersten Morgen
zwischen Bäumen und Büschen

fraß sie

ich hatte schon Abschied
genommen

von allem

sie folgte mir
Schritt um Schritt

Naivasha, Kenya, Oct. 4, 2013

KAKTUS

Juliette ist sieben Jahre
als ich ihr einen Kaktus

ausgrub

am selben Tag

als in Mombassa drei
Menschen erschossen wurden

legte sie vorsichtig
ein weiches rotes Tuch

über die Stacheln
am Abend

als Juliette schlafen ging

und gab ihm
meinen Namen

Berlin, 7. Oktober 2013

GANZ NEBENBEI

liegen

die Gnus
Kudus Wasserböcke
Rappenantilopen Oryx

spielen

Makakenaffen
Familien unartige
Junge in den Bäumen

laufen

Strauß Fischadler
Hildebrand Starling
Perlhuhn Ibis Eisvogel

neben

den *Big Five*
Löwe Nashorn
Büffel Leopard Löwe

ganz so

nebenbei wie ich

Oschatz, 14. Okt. 2013

BIG FIVE – MINUS EINER

Der Löwe

den ich
nicht sah
vermutlich kurzsichtig

wie ich schlief

oder wollte
mich
nicht sehen

Oschatz, 14. Okt. 2013

DAS SPITZMAULNASHORN

Spitzen

über

höheren
Grasspitzen

zwei Spitzen
ganz spitz beide

spitzten südlich
den Äquator

Oschatz, 14. Okt. 2013

DAS
BEREITS
ERWÄHNTE
SPITZMAULNASHORN

Zwei Spitzen
auf der Nase

spitzmäulig
im letzten Gedicht

spitzte
nicht einmal die Ohren

war müde wie der Löwe
wie der Kaktus von Juliette

Oschatz, 14. Okt. 2013

DAS ZWEITE MAL, AFRIKA

Ziemlich unaufgeregt
wie erwartet sahen

alle Menschen
wieder gleich aus

neu ein anderer Krieg
dieselbe Gewalt

hinter der Armut

aber die Giraffe
am Morgen

kam bis ans Fenster
sah mir nach

als wäre sie traurig
um meinetwillen

Berlin, 7. Oktober 2013

DENNOCH

Zum ersten Mal
mein erstes Rhino

an diesem Tag
lag friedlich im Gras

Zebras Wasserbüffel
Gnus Weissbrustmakaken

die Leute von BBC
World Service

abends
im Hotel

Independent Experten
Interpol Kaffeehändler

hatten es nicht verlassen
an diesem Tag

waren klüger als ich
die Bedrohung wirklich

Berlin, 7. Oktober 2013

DAS KREUZ DES SÜDENS

Tusker heißt
in der Sprache der Massai

ein Elefantenstoßzahn

auf der Bierflasche
ein Elefantenkopf

erster Abend in Nairobi

(dem Besitzer der Brauerei
– sagt die Legende –
rettete einst ein Elefant
in Uganda das Leben)

unterhalb des Äquators
wird es schnell Nacht

zwei aufragende
Elefantenzähne

das Kreuz
des Südens

der Tod scheint fern

Borna, 24. Oktober 2013

MENSCHENRECHTE

In sechs Tagen
vor 120 Menschen

gesprochen

ja, das Drehen einer Zigarette
habe ich im Gefängnis gelernt

wie Sie

die Namen
die Farbe der Haut

unterscheiden uns
die Namen der Freunde

gaben wir nicht preis
im Verhör

Moi –Diktatur
Honecker-Ära

ja, ich drehe Ihnen
gern eine Zigarette

von meinem Tabak
ich bin kein Tourist

Nakuru/Berlin, 3./8. Oktober 2013

DAS VERLORENE PARADIES

Der bescheidene
Hildebrand Starling

leicht
zu übersehen

zwischen den Fischadlern
Pelikanen Marabus Eisvögeln

auf den Wiesen
den Bäumen

der neben den Hufen
der Gnus umherlief

tollkühn auf dem Rücken
des Wasserbüffels stand

mit der leuchtend
orangenen Brust

schwarzem Köpfchen
dem blauen Hauch Glanz

auf seinem Gefieder
erinnerte mich

den kleinen Stich
im Herzen

an die *American Robins*
in deinem Garten

in Pennsylvania
im großen Paradies

im vorher nie gesehenen
dachte ich an das kleine

verlorene

Berlin, 8. Oktober 2013

SELBSTVERSTÄNDLICH SENGHOR

Dakar mit dem schwarzen Fahrer
Monsieur Tiata
aujourd'hui non travail!
also vom richtigen Stamm
der *Diola* damit man mir nicht
die Ohren abschnitt
im Süden in der Casamance
und die Gewissheit im Januar
sterben zu müssen
Freunde zahlreich
das Bier hieß »La Gazelle«
belgisch und mit deinen Beinen
gerührt später am Pool Palmen
vom kleinen Neger
der die Auflagen brachte
für die Sonnenliegen das Chaos
schneidende Grenze vorm Hotel
drei Millionen Menschen
strömten am Morgen in die Stadt
drei Millionen wieder hinaus
für mich sahen alle gleich aus
juste pour le plaisir des yeux
die Wirklichkeit meines Herzens
völlig ohne Bedeutung
sterben zu müssen hier
war ich gewiss zu leben denn
selbstverständlich ist alle Poesie
Musik Gesang Tanz
sagt Léopold Sédar Senghor.

6.12.2008

REHOBOTH BEACH SANDPIPERS

Es wären
ganz
andere Wellen
in Amerika
hab ich
zu lange
geglaubt
ging nicht
zur See
auf meinen Weg
auf einmal
liefen
ganz schnell
unbekannte
kleine Vögel
sie bekamen nie
nasse Füße
wie ich
und pfiffen mir eins.

16.11.2008

ABSCHIED BALTIMORE

»Stay behind the door!«
»You have only seven minutes to smoke a cigarette or
You have a cup of coffee!«

Nicht Meer
im Aquarium
von Baltimore

ich Fisch einer
in Angst
an der Angel

beileibe
nur Mitleid
mit den Bleibenden

Die Stiege hinauf
zu Poes verfaultem Bett
im Tanten-Haus 6 qm eigenes Reich

large – wie Verzweiflung
unüberwindliche Brücke
der Phantasie Highway

ich fuhr mit dem *Greyhound*
ein eisiger Morgen ohne
weitere Möglichkeit

von Flucht

in Harrisburg
Schwarze Betrunkene Weiße Betrunkene
und ein wenig Schnee

16.11.2008

GREYHOUND

Steh' hinter der Tür
only 7 minutes!

To have a cup of coffee
or one cigarette!

Schneeflocken über
Harrisburg

Ein bißchen Angst
mit kalter Billigung

Der *local bus* fuhr ab
mit geplünderten

Seelen *16.11.2008*

ICH WOLLTE DEN ZOO SUCHEN GEHEN

Lang streckt Washington sich

wie Leipzig

mit Onkel Rudi

dem Indianer meiner Kindheit

Wie damals verstand ich nicht

Warum ist das Weiße Haus so klein

Hasen schliefen Löwen liefen

hinter Gittern so groß

Wird Freiheit im Käfig gemacht *16.11.2008*

PARKEN SONNTAGS FREI

Wohin von Washington
möchte man hinfahren
wenn es einen Bahnhof gibt!
Und im Bahnhof Sauerkraut
mit Reuben Beef
Manche fahren trotzdem
manche sehen das Weiße Haus
und keiner sucht Freiheit
wo alle sie haben

Ewig weiter denken die weite Stadt
Potomac Büffel Tote Indianer
Wohin wo nun Van Goghs
Selbstbildnis hängt kein Eintritt
am Sonntag Parken frei das Ohr
skalpiert tote Indianer rot wohin

Washington Lincoln Jefferson
Monumente die Stadt hat viel Platz

16.11.2008

MERGE INTO FREEDOM

Routes and Highways

Es müsste
ein langes Gedicht

werden

über ein weites Land

wie die Straßen
sich anschmiegen

dem Land

16.11.2008

LAUREL TRÄUMT

Jeden Tag
fährst du

den fließend leicht gewölbten Teppich

der Straße
von Carlisle nach Gettysburg

um Deutsch zu geben

und wirklich

am College
deine Studenten sprechen

fliegendes Deutsch

16.11.2008

GHOST TOUR

»like seen in TV«

Meine Füße
unendlich
schwer
von so viel Tod
in Gettysburg
alle hatten
mich gern
aber die Toten
saugten
so sehr
zur Erde hin

kein öffentliches Verkehrsmittel
nirgendwo hin

ich sollte bleiben
du musst bleiben

guter Geist der Studenten

16.11.2008

DICKINSON COLLEGE

Fast Eddys Saloon
geschlossen?
Gestern Abend soll was
passiert sein

Der Kopf
der Journalistin
die abends hier war
lag heute vorm Kino

Lieben Sie dieses
Land? *I'm not.*
You can get anything
what You want here.

Hinter den Fenstern
Idylle roter
Holzstühle unterm
indian summer des Campus

Der Schwarze
mit den Krücken begann
gefährlich zu werden
bekifft wie manchmal

Der lacht noch
sagte er zu mir
der ist
nicht zu retten

16.11.2008

RAINER SIMON AM DICKINSON COLLEGE

Sam Adams
Octoberfest beer
in *Fast Eddys Saloon*
(im Vertrauen darauf, dass
es ein friedlicher Abend wird)
am Dienstag ein Filmemacher
am College ein Landsmann aus Sachsen
aus Hainichen dem Ort Fürchtegott Gellerts
sehr nah trennt die Mauer des Herzens die nie fiel
als wäre die wirkliche nicht gefallen oder ganz umsonst
im Angesicht der alten Helden die sich in Furcht verzehrten

16.11.2008

PHILADELPHIA PH–WERT

Wie ein Fernsehbild
unbegreiflich
im Fenster

Türme
bunten Lichts
deines *restrooms* Handtuchberge

Häuserhaufen Spitzen
rot und blau
ärmlich irrt der arme Mond

das 11. Stockwerk
im zu teuren Haus
irgendwo musste

die Freiheit
verankert sein
bevor die Glocke sprang

das Unbegreifliche
nie begriffen
zum Greifen nah

16.11.2008

Philadelphia PH-Wert (2)

Das Rot und das Blau
der Lackmus-Test
im Hotelfenster:
wieviel Base Freiheit
wieviel Säure der Armut

der schwarze Hüne
am Morgen
auf dem Weg
zur Liberty-Hall
lag regungslos
hingestreckt
über dem Heizungsschacht

und schlief nicht

26.11.2008

PHILADELPHIA – LA GOREÉ

»Der letzte Blick«
heißt auf Französisch
auf der Sklaveninsel
LA GOREÈ
der leicht
abfallende Gang im Haus
hin zur Tür
dahinter nur noch Meer
und Amerika

30 Minuten Seeweg
vor Dakar im Senegal

hinter der Tür wartet das Schiff

26.11.2008

HEISERS COWS

Guten Morgen! Wovon hast du
geträumt?

Heute Nacht
habe ich Schäfchen gezählt

und dich nicht gefunden

Vielleicht warst du
bei den Kühen in deiner Siedlung

hast unter ihnen geweidet
dich versteckt wie du es kannst

nicht aufzufallen
auf den Wiesen wo man dich kennt

Denn die Wiesen
deiner Träume standen in Schlesischblau

29.August 2008

HEISERS COWS 2

Lauf schnell!
Und nimm auch
den ängstlichen Molly mit.

Denn deine Kühe sind *heiser*!

Bring ihnen Rettung
in einer braunen Flasche –
Hustensaft von Max Kade!

Damit sie im Herbst
dabei sein können
unter dem großen Himmel

der Poesie

1. September 2008

HEISERS COWS 3

Jetzt
ist der Molly doch heiser
vom Bellen
aus Furcht
da hilft kein Saft

schau

Deine Kühe sind weiser
ohne Angst
schauen auch sie
erwarten
den Herbst

der Poesie

»Der Tod ist groß«

Aber der Himmel über Pennsylvania!

getippt in mein altes Handy von Borna nach Grimma, 16.9.2008

Zitat »Der Tod ist groß«: sagte Jürgen Fuchs auf dem Sterbebett zu Wolf Biermann, der versucht hatte, ihn mit dem Gedanken der Machtlosigkeit des Todes gegenüber der Unsterblichkeit des Künstlers zu versöhnen.

JÜRGEN FUCHS NICHT ZU VERGESSEN

Hier.

Jena.

Thüringen, meine Zeit

diese Wälder.

In Nacht

aus Stein

ein Raum

eine Lampe

das kleine Podest

mit losen Blättern.

Es ist früher Abend.

Einer liest gegen

das Schweigen.

In Jena zerspringt

die Lampe

ein Stuhl fällt

ein Mann geht.

Jena, meine Zeit

diese Wälder.

Aus ihnen tritt vor

dieser Mann.

1975

THÜRINGISCHE LEGENDE

für Reiner Kunze

Einen hat man
vertrieben.
Dem zog der Jasmin nach.

Er ließ aber noch stehen
ein Glas Tee aus Schweigen
das keiner mehr Zeit fand
auszutrinken
bevor es bitter war.

April 1977; diese zwei Gedichte verhalfen mir,
mit drei anderen, zu 27 Monaten Gefängnis.

VON RHODOS HER

Ich flog in die Schwärze kam von den Rosen her
immer nordwärts nachts über nächtliche Diademe
der ägäischen Inseln
sah gold-geschmeidigen Sommer
antikes Gewimmel vielleicht
Kos Lesbos und Samothraki
Helios Aphrodite und die Paläste von Rittern
zog die Spur nach bis Kavala die ich wusste

ließ Chalkidiki links Thassos rechts liegen
nachts sieht nur wer weiß was er sieht
and the cotton des Meeres *was high*

Weil nur weiß wer es weiß: *summertime*
Jannis Ritsos
unterschrieb nie – als einziger des Lagers
Leros der Insel aus Stein dafür bekommt
man später nichts oder den Leninpreis
wenn man nicht aufpasst der Kelch versank
in ägäischen Tiefen und der Dichter
im Gedächtnis seines Volkes blieb groß

Ich fuhr weiter ohne Schlaf von Rhodos kommend
lahmende Züge von München nach Hoyerswerda
ins Hoywoy des sozialistischen Dichters Volker Braun
ging eine Runde meine blaue Stunde durch die Stadt
wie ich sie ging in den Mauern des Großmeisterpalastes
um die Moscheen *summertime* Daddy Dichter ich traf
keinen Menschen
spürte das Exemplarische: *sein* Volk ging in den Westen
ich gehörte niemals zu *ihnen*
hatte nie ein Volk das ich *mein* nannte

Hoyerswerda, 11. Oktober 2010

»...
geboren in jenem Land,
besiegter und stolzer als alle:
Polen,
in deinen gefesselten Armen.«

Günter Kunert, *Epitaph für Tadeusz Borowski*

POLSKA

Als meine Träume
ruhten an
ihrer Schulter
und längst
in ihr schwarzes Haar
krochen
nur eine Nacht lang
im flüchtigen
Atem von Sympathie
und
als ich gegen Morgen
das flache Bild
der endlosen
noch nebelgrauen
Felder
und Bäume
im bläulichen
Notlicht
des Zugabteils
erblickte –
ahnte ich:
auf diesen Feldern
in deinen Augen
meinem Herzen
für immer
ist
Polen.

1975

CAFÉ »NOWY ŚWIAT«, WARSZAWA

Wenn
Chopin
Autobus fährt
in den Spiegeln
des Café
»Nowy Świat«
springt unser
Herz
die Straßen
entlang
wird zum
Gummiball
den ein
kleiner
polnischer Junge
am Abend
mit
nach Hause
nimmt.

1977

WARSCHAU BEI NACHT

für Hanja

Noch immer
die Schritte
der Toten
geh ich zieh ich nach
der Stimme
deiner Augen folg ich
dem Untergrund
von Warschau.

Wenn zwei Autobusse sich anbrüllen im Regen.
Wenn Nebel ziehen über der Stadt und eine Träne fällt.

Wenn der Abend früh kommt und Tee trinkt statt Furcht.
Wenn die Cafés sich verbeugen und niemand daran vorbeikommt.
Wenn die Blumenfrau aus dem Lichtmeer steigt und bis zum
Tisch schwimmt.
Wenn Augen sich suchen und Lippen sich finden und ein Kuss
nichts ist und alles.

Dann
bitte dann
einmal noch
ruf mich
zurück
aus dem Untergrund
von Warschau.

1978

KURZ VOR DEN SOMMERFERIEN

für Adam Zagajewski

»Das ist der Fehler der Geschichte,
dass sie die Freiheit an der Zahl
der Gräber misst.«

Lied der polnischen Abteilung bei der
Erstürmung von Monte Cassino

1

Im Gefängnis war ich nicht
wegen Gedichten
die ich über Polen schrieb.
Die haben sie beiseite gelegt
oder vorsichtshalber eingezogen.

2

Aber Polen in meinen Gedichten!
Ein trunkener Gast.

3

Und ich erinnere mich
in der zwölften Klasse
kurz vor den Sommerferien
haben wir den Zweiten Weltkrieg
dann doch nicht beenden können
weil andere Prüfungen uns erwarteten.

Wir blieben mit der Roten Armee
am rechten Weichsel-Ufer stehen
um gelassen zu verfolgen
wie unsere Väter Warschau niederbrannten.

Zwei Wochen später zündete ich
an den Sockel der Sigismund-Säule gelehnt
eine Zigarette an
sah nach Osten hin über die Weichsel
und die anderen Zuflüsse
meiner unverschuldeten Teilnahme.

Erstveröffentlichung Polnisch in »Przekazy«, Westberlin 1982

ÜBER DAS SLAWISCHE HERZ

Das slawische Herz findest du im Gras
der sich streckenden
Wiesen meiner Heimat. Es ist der Mohn
unter den Blumen,
seine Früchte berauschen.

Der Sommer muss warm sein und gelb. Als
Kind musst du
im ersten Heu des Augusts liegen.
Dann, wenn du geduldig gelebt hast und
allein, eines Tages
spricht es aus deinem Mund.

Es ist der Sturm über den Winden, der
Rubin unter
den Stein-Herzen. Sein Puls ist das Licht,
das es
gefangen nimmt und wieder freigibt im
Abendrot,
aber voll Blut.

Das Blut des slawischen Herzens sind die
Einsichten
des siechen Europa mit seinen exilierten
Bewohnern:
Mann und Frau.

Das slawische Herz ist die Träne im Lachen
des Menschen,
mit der er Abschied vom Lachen nimmt, bis
zum letzten
Abschied.

Das slawische Herz ist der Tropfen
Wermuth in der Quelle
der Liebe, die Schramme am blinkenden
Schwert des Todes,
der Rotdorn im Auge der Feigheit, der Rost
an den Stützen
der Welt.

Das slawische Herz liegt zu Füßen der
Schönheit und sitzt
der Macht im Nacken.

Das slawische Herz erhältst du, wenn du dir
zuerst an die
Brust schlägst und dann an die Stirn.

Dann liegt es in deiner Hand, das slawische
Herz zu finden.

1981

KILOMETERSTEIN OŚWIĘCIM 26

Eine Stunde
vor Auschwitz
blüht
der Mohn
wild
trinkt
die Erde
schuldlosen
Regen
noch
eine Stunde
vor
Auschwitz.

1977

ICH GING NUR RAUCHEN

Am deutschen
Fechter-Brunnen
macht' ich mir

den Schuh zu

es leuchtete
die abendlich
strahlende Universität

daneben 100
Wehrmachtsoldaten
in Stiefeln uniformiert

hinterm Schaufenster
des Antiquariats
bemalt alle aus Ton

ich aß nur 'ne Pizza
und ging hinaus
Idę tylko zapalić!

sagte ich zur Kellnerin
und band mir den Schuh
ich ging eben mal rauchen nur

Wroclaw, Plac Uniwersytecki,
Pizzeria Pronto Pizza, *Mo, 19. Oktober 2015*

MOMENT LITERATURE POLONAISE

In Windeseile
Schlag 12 Uhr

mittags in Wrocław

taucht
der Kapitän auf

Mieczysław Orski

sein Jackett
geschultert

als Segel

mit Affenzahn
über den Ring

rennt er
und ist über 70

Richtung Oder
in seine Redaktion

ODRA
um wie er sagt

Kapitän der Literatur

nicht
von den vielen

lauernden Graphomanen

erkannt und
angesprochen

zu werden

Wroclaw, Do, 12. Mai 2016)

DREI GRAPHOMANEN

saßen
im literarischen Café

sie lachten
sprachen Polnisch

schimpften
auf Kollegen

die im Ausland
erfolgreich sind

ich verstand
nicht

aber sofort
Café Literatka, *Wrocław; Do, 12. Mai 2016, abends*

BEGEGNUNG
MIT REINER KUNZE

Ich traf ihn
mit
seiner Frau Elisabeth

und dem Dichter
Jakub Ekier

am Brunnen
gleich
neben der Elisabethkirche

abends
las er ein Gedicht
von Odysseas Elytis

über den Himmel

und eines von
Juan Ramon Jiménez

über die Sterne

die
Augen toter Freunde

am nächsten
Morgen probte
eine Theatergruppe

mein
Stück *Sebastian*
mitten auf dem Neumarkt

ich war
nah am Wasser
gebaut und weinte in den Himmel

von Wrocław
aus Glück für heute

und über

die kommenden Abschiede

Wroclaw, Do, 12. Mai 2016

WROCŁAW WEIß-ROT

Den beiden Ewa-Engeln,
die mit mir durch die Stadt schwebten!

Glücklich war
ich

in den
Straßenbahnen

11, 23, 9 und 6
weniger

in der 8
sie wechselte

das Ziel bog
unerwartet ab

ich wohnte
auf Sand gebaut

war glücklich
gegenüber

dem doppeltürmigen
Dom

sonntags
die Glocken

von
Maria auf dem Sande

Ruhe
die stillen(den) Arme

der Oder
umfingen mich

die Fahnen
flatterten

meines ersten
Buches

polnisch

der Cherubin
Verleger Edward

überreichte sie
sie waren

natürlich
weiß – rot!

Czwartek, 23. Pażdziernik 2015

RÓŻEWICZ

starb 9 Tage
bevor ich

im Mai wieder
in die Stadt kam

ohne
ein Partisan gewesen

zu sein
hätte ich das nicht

aufschreiben können

schrieb er auf.

Wroclaw, Do, 12. Mai 2016

WO BLIEB ROZEWICZ?

»Alles zu erkennen, nichts zu greifen,
war der Dichter bei der Welt zu Gast«
Sergej Jessenin

I

Ich suche
mein Lieblingsgedicht
ich suchte
den ganzen Abend lang

es gab darin etwas
von Gesellen für Geschichte
und einem Käfer

der ein guter Lehrer war
der Dichter Günter Ullmann
starb vor einer Woche

er ging
an keinem Blatt vorbei
ohne dass es ihn bemerkte

ihm erzählte ich nie davon
zu spät für uns
die Strolche für Geschichte

siegten

solange ich das Album
nicht wiederfinde
sind sie an der Macht

und wir verschwinden spurlos

II

23 Monate später

Herbert Ulrich aus Lublin
schrieb
das Gedicht das ich suche heißt:

DER FÜR NATURKUNDE

aber sei von Zbigniew Herbert
es gibt Freunde in der Poesie

und im Leben
an denen sogar unsere Irrtümer heilen

21. Mai 2009/10.April 2011

BUBI

Seine Mutter
rief
mein guter Hans!

als man die Urne
in die Erde senkte

Bei uns hieß er Bubi
Robert und Che

als wir alle Che heißen
wollten

Nur seine Mutter rief
ihn bei seinem Namen

27. Juni 2011

DER VORWURF

Ich rauche noch
ich trinke

Es schreit mein Freund
im Saal aus kranker Lunge

Dieselben Jahre aus

28. März 2011

MÄNNER, DIE WEINTEN

Männer die ich weinen sah
waren
Männer die weinten

Ich sage es nicht
wo ich sie weinen sah
die weinenden Männer

Denn dort, wo sie weinten
fragte niemand danach
die Männer die weinten

20./21.8.1990

HOL' MIR NOCH 'N EIS

Ich brachte es ihm
Tschüss mein Gung *

Er wandte sich ab
schaute auf seine Füße
ich schloss die Tür

Christus
mit einer Pumpe
zwischen den Rippen

Sauerstoffschläuche
im Gesicht

tot in neun Wochen

Ich schloss die Tür
und flog nach Amerika

Er wusste nichts von
meinem neuen Buch

Beide Sommer

Er starb im Mai
ein Vorgeschmack
ich hatte ihm ein Eis gekauft

27. Juni 2011

---

* Gung: vogtländisch für Junge

ICH SCHREIBE POSTKARTEN

Postkarten
an Häftlinge in aller Welt

die Adressen
der chinesischen Gefängnisse

kann ich nicht
schreiben

nur kopieren
und aufkleben

bitte schreibt keine
Weihnachtsgrüße

rät mir der P.E.N.
nur einfache Postkarten

vielleicht
von der eigenen Stadt

die Menschen
meiner Stadt

sind beschäftigt
mit Weihnachten

wie stets
mit sich selbst

der gewöhnlichen
künstlichen Mühe

Weihnachten
genügt ihnen

sie werden nie
erfahren

vom Licht

das ihnen unendlich
fern ist

einer einfachen
Bild-Postkarte

die in den Spalt
einer Zelle fällt

vielleicht
mit einer Katze

darauf

15. Dez. 2014

KATER MIZIO

(Der abgefressene Tod)

Die Rötliche der Katzen
vom »Le Petit«
in Bautzen
wo ich einziehen werde
wenn's Zeit für mich ist

die vor fünf Jahren
auf meiner Jacke schlief
(ich ging ohne
um sie nicht zu wecken
eine Nacht lang im Herbst)

die Scheueste der drei
vom »Le Petit«
die mich roch sofort
als ich mich setzte
ist grad 17 geworden

hat Krebs
sah mich heute Abend
schnupperte sprang
auf meinen Schoß
gab Flüssigkeit ab
aus dem Tumor
roch es nach Tod

am Donnerstag
wird sie eingeschläfert
wie lange – ich?
wie lange noch werd' ich
hier sitzen wie viele Jahre
nach meinem Sterbens-Job
um hier auszuruhen
die Rötliche war es
wir rochen uns zugleich

II

Diese Jahre sind es
ich
begann zu leben
Gedichte schreiben
abends in Pensionen
wo sterben die
die niemals wiederkamen
angefressen vom Tod
Gelbes Elend Lager Mühlberg
die nie die Spur mehr fanden

Ich kann den Lebenden
nur helfen stand allein
meine Generation
die immer passten dazu
in Dresden schreiben sie
die nicht betroffen
Romane die Verschonten

schön zum Thema *10.10.2008*

MÜHLBERG ELBE

Mühlberg
am Elbradweg
Weinberge und Park

ganz in der Nähe
ein See
schnell fährt man vorbei

Liebersee
ein Katzensprung

Im Lager

Mühlberg starben
6700 Gefangene

2000 im Winter 1946/47
als die Rationen
plötzlich geteilt wurden

ohne wirkliche Gründe
wie vorher

die Inhaftierungen

Pulpe * als Hauptgang
ist Töten ohne Plan **

niemandem gelang
der Katzensprung

der Liebersee
unerreichbar

wie Liebe dort
unendlich weit

Gröditz, 28. Oktober 2010

---

* Pulpe: Pulpe ist ein Fachbegriff aus der Lebensmittelindustrie. Eine Pulpe ist ein nicht zum unmittelbaren Verzehr geeignetes Halberzeugnis. Pulpen werden aus frischen Früchten hergestellt, in Mühlberg aus Kartoffeln. Der Verzehr hatte einen nochmaligen Verlust des Körpers an Mineralien zur Folge.
** »Töten ohne Plan« ist, was die sowjetischen *Todeslager* von den *Konzentrationslagern* der Nazis unterscheidet.

HERR RENTSCH BERICHTET

Die Überlebenden
der großen Lager

kommen
zu mir

nur um zu sprechen

es sind kleinwüchsige
kompakt knochige fleischliche
Männer meist
kaum über 1,50m
energisch
weit
über achtzig

in seiner Jugend
hörte er auf zu wachsen
für sechs Jahre

Herr Rentsch kommt
und erzählt

die anderen sind
ertrunken
gekippt aus Schwäche
vom *Donnerbalken*
ertrunken in der Kloake
gefallen durch Hunger
Auszehrung in die Jauche

Herbert Rentsch
erzählt von den anderen

auf flachen Tafelkarren
3x am Tag
fuhren sie die toten Häftlinge
auf den *Karnickelberg*

16 Jahre alt waren viele
hingerichtet erschossen
selbst das sowjetische Gesetz
verbot dies die übrigen
verhungert 18 Tausend
Tote von '45 bis '49
in Bautzen I zählte
Herbert Rentsch

wie breit wie lang
die Karren wie viele Tote
darauf wieviele Male am Tag
sie hinauf fuhren zum Berg

die Häftlinge die
die Todeskarren schoben
erschossen vor der Übergabe
an die deutsche Polizei
unter der es schlimmer
wurde sagt Herbert Rentsch

Herr Rentsch besucht mich
und erzählt
seine Jugend *Königsbrück, 12. September 2012*

TORGAU

1
Vielleicht war ich zu oft
hier nie zu lange
in neun Jahren
ja, die Bären auf dem harten Fels
ja, die Renaissance
der Platz bekommt Bedeutung
doch den Tod nicht weg
vergebens architektonische Mühen
und die meinen um Vergebung
Rehabilitierung Bewältigung

abends wenige Zeilen kein Gedicht
Köln führt 2:1 Rettung katholisch
auf dem Display meines Handys
auf amerikanisch
wie die Bären schlief ich

2
Häuser Marktgiebel
ausgerichtete Fähnchen
nach rechts
die Baukästen der Kindheit
Angst schmutzig zu sein
nicht zu genügen der Zeit
die Träume nachgedunkelt
eine gefälschte Stadt noch
mit dem Schrei der 20 Tsd.
gemordeten Soldaten der
Wehrmacht Deserteure
der Jugendwerkhöfe
Fort Zinna Hartenfels
die Bären schliefen

3
Wer den Tod sucht
mit ihm vertraut sein will
komme her
das hat dir der Teufel gesagt
abends auf der
Ratskellerterrasse geschlossene
Gruppen Touristen Einheimische:
die letzten Jahre wann ist
das nächste Klassentreffen
na gut
wir hatten Lehrer eingeladen
ich würde gern Rad fahren
hab' noch zwei Seiten meines
Hauses abzuputzen Geld ist
nicht das Problem
Die Bären hörten nichts
sie schliefen

4
Eilig zieht der Mond so oder so
wie ähnlich die Welt ist und anders
die in Wut leben weit fortgingen
für immer verwundert verwundet
leben am Central Park N.Y.C.
Wilshire Westwood L.A. ich war dort
die hier Zuständigen
der Kleinstadt ihre kleinen
Kreise die auch ich zu lange zog
im Festungsgraben wie die Bären

verschlief ich zu lang

Torgau, Di, 5. Juli 2011

TROST FÜR ALLE DIE HANDSCHELLEN TRAGEN

Die

die Macht haben

haben auch den Glauben

an
Riegel
Eisen und Stahl

Ich glaube den Händen

16. Oktober 2010

WIEDERUM PIRNA

Der Sonnenstein
in der Sonne

dort oben war Fritz,
der Onkel von Jochen

unwertes Leben
im Gas

es bleiben die Leute
von Pirna

mir sagte einer

dort oben
gab es nie Gaskammern

er ging übern Markt
in die Sonne

Mi, 13. Oktober 2010

Jochen: gemeint ist mein Freund, der Schriftsteller Hans Joachim Schädlich

REFORMATIONSTAG

Das Laub
ist vielmals gefallen

seither

noch öfter
als man selbst fiel

Die Leute sind verrückt
als würde

die *Frauenkirche*
morgen wieder geschlossen

sagte der Busfahrer
am 31. Oktober 2004

einer der Initiatoren
des Wiederaufbaus

war der Trompeter
Güttler

weltbekannt

ein Spitzel
der Geheimpolizei

in Sachsen
sprach keiner davon

denn altes Gestein
der Bombennacht

fand neue Verwendung
im hellen Gemäuer

Mi, 13. Oktober 2010

TAGESPENSUM

Mein Freund
der Dichter
Günter Ullmann
ist gestorben

eine Lehrerin aus dem Erzgebirge
war kaum zu überzeugen

dass er gute Gedichte schrieb
trotz seines schweren Lebens:

»Die Wiedergeburt
der Sterne nach dem Feuerwerk«

Einen Brief in Englisch
verfasst
im Auftrag des Exil-PEN

an die Botschaft
der Militärdiktatur Myanmar

Daw Aung San Suu Kyi
wurde ins Gefängnis gebracht
und ist schwer krank

Den Dichter Günter Ullmann
begraben der mein Freund war
eine Zigarette in den Sarg geworfen

mit einer Handvoll Blüten im Mai

Woran arbeiten Sie eigentlich?

Womöglich starb er
an solchen Fragen

nicht am Rauchen

18. Mai 2009

I

In keiner Anthologie
steht es

unvorsichtig zu sagen

DAS UNSTERBLICHE GEDICHT

gibt es nicht

Dichter sind vorsichtig
und sterben früher

II

Die Wiederkehr
der Ideologie der Mörder

ist kein Gedicht
nicht einmal ein Text

der die leeren Augen
der Toten verschweigt

III

Im Speziallager
Mühlberg

starben 6700 Menschen
ich weiß nicht

wie viele
davon Dichter

geworden wären

17. Mai 2010

RINGELNATZ SALLIMATZ (ein Zyklus)

WURZEN

Geboren nicht
irgendwo
sondern wichtig

weggegangen

wiedergekommen

Ringelnatz

seiner Heimatstadt
beschränkt
giftige Schlange

macht diesen Job

Seemann Sänger

so ein anderer
auch

Adressen sind
unwichtig

davon
bekommt man

krumme Nasen
und
Nachruhm

BEIM FLÜCHTIGEN HINSEHEN

Wurzen
heißt nicht Warzen
die man

beim Nasepopeln
daheim

kriegt

was nicht
bewiesen ist

SALLI KUDDELT

Zwei
haben krumme Nasen

singen
trinken
Schnaps aus Vasen

einer tot

Kuddeldaddel Badetag

anders
leb' wer mag

beide leben
tranken einen

übern Durst

übern Tod

KORKEN RAUS FÜR SALLI!

Jeden Korken den ich werfe
weg
denk' ich an dein Bauwerk
alle die dir knallten
zu Sylvester und Geburtstag
die dich liebten leimten
ehe noch verhallt der Ton dich
verrieten unterm Schaum der Lüge

hast du aufgeklebt als Denkmal

an das und dich ich denke
wenn aus unsrer Flasche
hemmungslos
ungehemmt der Korken fliegt!

Schornsteinfeger blonder
mit dem Zitronengesicht!

Di, 21.1.2003

SALLI UND ZIEGE

Sechzehn Jahre
spart er
nicht mit Leben

ist nur

ein wenig
geizig
nie und nicht

mit Heiken

denn viele
Heiken

halten ewig

WARNUNG VOR 112

Der Dialekt ist
sächsisch

Quatsch

Ergebirgsch'
und
Leipzscher Gegend

Viescher Fliescher
undsoweiter

gucken wie es
abgeht
nach Türkei

mit deutschen Flügeln
germanwings
Ikarus muss staunen

Seemannsbraut
ist Heiken
schöner Arsch

und krumme Nase

suchten immer
sich
es schwingt

wenn's Herz mitmacht

Erzgebirge Leipzscher Gegend

100 WERDEN

kaum welche

sozusagen
wenige

weil vorher

die 112
kommt

was hat das auf sich

mit dem Dutzend

das zuviel ist

DER BESTE FREUND

ist in China

was ist los mit der Welt

Badetag

will den Schierling ganz
austrinken

denn in China

fehlt es

an Nasen

Heiken

und Demokratie

viel Gift und
wenig gifts

und zu kleine Ärsche

aber

Große Mauer

DON'T FOLLOW

Mein Freund
wenn du

wie ich

führst von Bug
aus

die Fähre

fährst du schlecht

mit einem Wiedersehen

Barke Bosporus Styx

hieß
noch kein Getränk

der kleine Unterschied
zur Nacht

komm' nicht nach

ich komme wieder

zu Besuchen
lieber

wie's bei Freunden

üblich ist

RUF DOCH MAL AN

vielleicht die 113

das letzte Blatt

wird unüberschaubar

sein

teils Nase
teils Illusionen

paar Titten
oder Bauch

Unbeschriebenes

kommt

auf uns zu

DREH' DICH NICHT UM
WENN KOMMISSARE UMGEHEN

Das Allerletzte

wollten sie

machen

aus uns

das sahen wir ein

schweren Herzens
drehten wir

um

zu einem anderen Anfang

alle Gedichte des Zyklus', Wurzen, 22.September 2009

KURZE ZUSAMMENFASSUNG DES GLÜCKS

Auf meiner Tochter Matratze
in Zürich liegt Rolf
ein Betriebsleiter aus Basel
überwiegend Chemiebranche

Wie ist das Wasser gekommen
über den Fluss Verkündigung
für mein östliches Land
und nahm alle Jugend mit

Die Töchter seit Jahren
sind Pendler nun
Wochenende der letzte Gott
Autobahn ich bete für sie

Mir aber blieb ein Blaues Wunder
hundert Schritte von einem zum
anderen Ufer währt mein Traum
das zerflossene Märchen Revolution

Ich bin davongekommen wie der Fluss
mit blauen Augen und arbeitslos
wir hatten die Wahl und wählten
den König der uns neue Kleider gab

Sie gehen nicht fort der Fluss
unten und das Wunder über mir
die Freiheit trieb ab wir sind
wieder Volk – wir bleiben hier

Ostern Weihnachten zu Hause
erzählt die Tochter was die Welt
zusammenhält rührt nicht an mein
Schweigen als wolle sie trösten mich

Wie ist das Wasser gekommen
über mein Land ohne Glück
Rolf träumt auf meiner Tochter
Matratze die ewige Formel jetzt

Dezember 2002

VON AMTS WEGEN

Stunde
um Stunde

Falte um Falte
müde

ein Euro

fällt in den Schoß
der jungen Kellnerin

Es ist ihr Lohn
von Amts wegen

Das Auto des Besitzers
hat ein Kamenzer Kennzeichen

da wo die Militärs hausten
Raketenbasen und Stasigesichter

sogar das aktuelle Word-Programm
meines Computers

zeichnet die Stadt
rot

als wüsste niemand die Namen
keiner bescheid

Hoyerswerda, 11. Oktober 2010

RECHERCHEN

Meine Mutter recherchiert
sie ist 91 und ein halbes Jahr
liest dicke Telefonbücher
sucht nach dem Buchstaben R
mit dem ein Vorname beginnt

Sucht und liest ob
ihr Jugendfreund Rolf noch lebt

Erst Jahrzehnte später fanden
sie sich wieder
wurden kurze Zeit ein Paar
dann war Mutter alt
wenn Liebe so lange währt
während der Körper flieht
zuerst vor sich selbst

wer sollte da Zweifel haben
die Welt sei nicht schön
wenn Liebe länger bleibt
und endlos ihre Kreise zieht

Meiner Mutter und Rolfs
Lieblingslied
wenn sie Tanzen gingen

war

Der letzte Walzer

28. März 2011

ANMUT

Die junge Schweizerin
und das ist lange her

sie kam nach Dresden
mit einer Theatertruppe

hatte slawische
Augen und mochte mich

weil ich ein Freund
von Wolf Biermann bin

der irgendwann einmal
an ihrer Schule gastierte

sie erzählte mir davon
in unmöglichem Dialekt

ich war aphrodisiert
durch ihren Blick

ging am nächsten Tag
nicht wie vorgeschrieben

aufs Arbeitsamt ihre Augen
ihr irrtümliches Interesse

an mir

enthoben mich
jeglicher Armut

Berlin, Do, 8. Januar 2015

REQUIEM

Die Liebe
die vielleicht gewaltigste Energie des Menschen
wo geht sie hin, wo bleibt sie?
Eine der großen Fragen
meines Lebens

Orte: In einigen tausend Jahren soll es
kein menschliches Leben mehr auf der Erde geben

Überleben werden fischähnliche Kreaturen
Silberlinge
mit dem Aussehen mittelalterlicher Rittermasken
ihr Unterteil Tentakeln
hinzu kommen perfekt angepasste Tausendfüßler
von ungeheurer Größe

Orte: Ich stelle mir einen solchen vor
wie ein loses Gedichtblatt von einem galaktischen
        Wind
an das Bein eines dieser Tausendfüßler geweht
        wird
und sich dort verfängt

Auf der flatternden Seite steht
ein Gedicht
unter meinem Namen
es ist ein Liebesgedicht

Das muss uns genügen dass wir gelebt haben
an verschiedenen Orten und Zeugnis gegeben
mit dem TROTZDEM der Liebe:

Wir waren die mit dem flatternden Herzen

27. 7. 2011

II

Aus: »Mein Museum«
(1995)

ERINNERUNG AN REICHENBACH

(vide Napoli et morte)

Hügel und Häuser
gestapelt im Bücherschrank.
Terrassen an Hängen
und Wälder, wo Träume aufstehen
und kalte Winde.

Straßen wie Freunde.

Wir sangen die Hänge hinauf
und Lieder fielen
zu Splittern der Luft.
Wir tranken an Tischen
und ritten den Wolfsschreien
ins Maul, Häuser stürzten
von Bücherschränken
und Lieder rissen im Tal.

Aber Napoli gesehen
und nicht gestorben.

1978

ABEND MIT LETZTEN VÖGELN

Lieder der Amseln und der Heiligen.
Heilige Lieder der Vögel.
Heilige Vögel. – Na und?

Während ich dies denke
ist es später geworden
auf der Welt.

Mit schwarzer Feder.
Und gelbem Schnabel.
Kein Lied.

1985

MISSTRAUE DEN ABSCHIEDEN

Misstraue den Abschieden an den Zügen.
Es ist nur ein Spiel.
Der Abschied hat schon begonnen
mit dem ersten Augenaufschlag.

Die Liebe liegt weit hinter
dem Abschied zurück.

Immer sind es die anderen, sie fahren
und du bleibst am Bahnsteig stehen.
Aber dein Abschied geht ihnen
wie ein Schlusslicht voraus.

1978

DIE TAUBEN VON LEIPZIG

Altmarkt.
Daneben ein stilles
Plätzchen, die darauf
kacken: Vögel wie Blei.
Wo die Burgkellerbürger
ihnen das Brot nicht
brechen, hier hat auch
Woyzeck aufgehört, ihnen
Erbsen zu streuen, aber Marie
schaut den Majors
nach wie immer –
und als Aschenbrödel
wird verschrien, wer
nicht im Intershop kauft,
und keine Taube hilft mehr:
Die guten ins Töpfchen, die
schlechten ins Kröpfchen.
Jeder das Beste nur für
sein eigenes, eigenes Ich –

Aber am Abend, wenn die Cafés
schließen, merkt man, dass
selbst den Tauben das
Lachen wegblieb.

September 1975

DIE TAUBEN VON ERFURT

Nächstenliebe der
Dompilger lässt sie
fett leben, die dann
den Rücken kehren
den Tauben und ihrem
Nächsten, kalt werden,
wie all die tierlieben
Mädchen vorbeigehen
an dem Soldaten mit den
traurigen Augen, der ihren
Haaren nachfliegt mit einer
Flasche roten Weins und
morgen dann fliegt in den
Dreck oder Knast oder vom Panzer.

Aber die Tauben am Dom
kennen ihren Nächsten und
schlafen ein im warmen
Dachgebälk, nur ich muß
zurück in die Säle aus Stein.
Und ihr Gurren ist mir
ein Traum bis es hupt und
pfeift und schreit.
Gute Nacht, eisige Stadt!

Kaserne Blumenthal, 1975

DIE TAUBEN VON WEIMAR

Hier liefen
sie
um die Brunnen
und fraßen
Bockwurstreste

Hier lief
ich
davon mit
siebzehn
riss ab
von den Wegen
der Gemeinschaft
setzte mich
ins Straßencafé
und trank
den Becher
nicht leer

Sie liefen
vorbei
Goethe Schiller
Mittagessen
der Deutschlehrer
wies mit
dem Finger:

Hier seht ihr
unseren
Dichter

Die Schüler lachten

Ich blieb
sitzen
für immer

1977

EINE ANTWORT

Was machst du denn hier - ?
          fragte ich den Mond,
den ich in den Straßen
          des Exils traf.

Ich leuchte, sagte er.

1981

EXIL

Noch
wenn ich
ein Hufeisen
          anfasse

mit sieben Nägeln
schlägt es zu

1981

CHINESISCHER TÜRHÜTERGOTT

Schlagt an den Pfosten
ihn ruhig.

Es ist ohnehin nur Schein.

Denn ein Gott behütet
die Dichter nicht

und vor ihnen
schützt auch kein Gott.

1981

MEIN MUSEUM

Einmal
die Woche geh ich
vorüber

Anbetung der Hirten
Vor Herodes
Kreuzigung
Auferstehung

Der Wurzacher Altar
Hans Multschers

Bis eines Tages
den Bärten
die bekannten
Gesichter wachsen

Henker Freunde Verräter
ich
ein Museumsbesucher

geh vorbei

1981

DAS VOGTLAND

Diese Erde
wie
mit Messern

gepflügt

blutrot
nach der Ernte
grau im Oktober

zuletzt

brachten sie uns fort

graue Stille Krähenschrei

Erinnerung an Gitter
gelehnt
Sonnenuhr und Jahreszeiten

auswendig gelernt
neugeboren und zu klug
zu wissen

Nur:
diese Erde
mit Messern gepflügt

Burg Schönfels
im Fenster
des Transit-Zuges

Ritter und
blaue Soldaten
im Spiegel der Scheibe

hinter der
wir zu Hause sind
dort wo wir nicht mehr sind

1981

EN PASSANT

Einmal auf
irgendeinem
Bahnsteig der Welt
möchte ich
zu ihnen gehören

»Viva Italia« rufen
oder
»Es lebe die Schweiz.«

Aber ich
mit Gefühlen von drüben
dem Pass von hier
und meinem polnischen Namen

muss alles erklären

1982, Berlin, Bahnhof Zoologischer Garten

SO LANGE SCHON

So lange schon
sah ich
einen Mund verstummen
in Märkischen Mondnächten

den Mut versinken
hinter die Grenzen
die Messer verbluten
über der Asche

so lange schon
sah ich
mein Land verschlingen sich
mit meinem Land

Peter Huchel angedacht, 1977

EIN BLICK AUF DEN SEE

Manchmal noch
ein Blick
auf diese Insel
die traurigen Tage
am Ufer.

Warum hörten wir
zu sprechen auf
als unsere Tochter
anfing zu laufen - ?

Mit alten Gesichtern
standen wir starr
vor den unerwarteten
Bildern unserer Schuld
und hatten zu schwimmen
verlernt

auf traurigen Tagen.

BRIEF AN DICH

Staub auf
Telegrammen
der Winter
deine Ankunft
vorbei
das Warten

bis Postboten vorbeigingen
sie gingen wie Jahre vorbei

1981

ABSCHIED

Neuerdings geschehen seltsame Dinge.
Männer mit blauen Arbeitsmützen
sitzen in meiner Küche.
Sie sagen: Du hast mit uns getrunken.
Du hast mit uns im Gefängnis gesessen.
Du hießest uns Gedichte schreiben.

Wir sind betrunken, unfrei und stecken
geblieben, nun hilf uns weiter.
Frauen in den Kleidern der Unschuld
liegen auf meinem Bett.
Sie sagen: Du hast mit uns geschlafen
für die Kinder der Welt bist du nicht
verantwortlich, es ist zwecklos
nach ihnen zu suchen.

Gelangweilte Liebespaare bieten
verschiedene Stellungen an oder
andere Frauen kommen
wenn ich an der Schreibmaschine sitze
und schlagen ihre Arme um meinen Hals
während ich beginne, in einer fremden
Sprache zu schreiben.

Ich verließ die Wohnung leise
mit einem leeren Koffer
ging ein paar Ecken weiter und
gelangte auf einen anderen Kontinent
meines Irrtums.
Dort geschehen neuerdings seltsame Dinge.

1983

1

In Franzensbad
weißt du noch –
auf unseren Lippen
schnell getaut

war das Glück
eine Schneeflocke

2

jener Ort
im Januar
die leeren Cafés
dort hörten wir am Mittag

die Glocken
von Atlantis

3

schon
nach einer Stunde
stieg der Nebel
taute der Schnee

welkte das Paradies
das keiner mehr

zu erinnern wusste
nur wir

die vertrieben wurden
eine Stunde vorher

1981

HOCHACHTUNGSVOLL, IHR ROLF!

Der Geliebte meiner Mutter
sie war schon alt
war ein Roter und hieß Rolf.

Der Geliebte von Frau Holle
sie war eine Fee
war ein Dezember mit Schnee.

Rolf kam aus dem Krieg
ich war noch ein Kind
er kam im Dezember

und lehrte mich Schach.
Der Krieg wurde alt
ein Bauer räumte das Feld.

Rolf war Deserteur
meine Mutter schon alt
in diesem Dezember fiel Schnee.

1987

DAS WORT REVOLUTION

Das haben wir
uns zugerufen
bis zum
Ausschankschluss der *MITROPA*.
Und die Hälse verrenkt nach Leben.

Das haben sie
uns vorgelogen
jeden Tag.
Wir schlossen die Ohren
und vergaßen schnell.

Aber nie
unsere Scham
vor dem Wort

Revolution.

1978

SPÄTE GEDANKEN ZUM ABITUR

Goethe ist lange
her
denke ich
und sehe: Auf
dem Airport Athens
stehen die
Jenischen Berge.

Gelb ist
der Frühling
des Südens und
Schulklassen
besuchen
die Verse von
Odysseas Elytis.

Ich war
fünfundzwanzig
Jahre betrogen
um diese
Einsicht

Wegen
irgendwelcher
Einsichten
die
keine Berge
versetzten.

1982

DER HASE

Haken schlug ich
an die Kreuze
dieses Gitters

Karl-Marx-Stadt
Erdgeschoss
Verwahrraum sechs

nah war ich
den Wurzeln

die mich fraßen

1980

MEIN LIEBLINGSTIER

Jetzt
haben sie die Katze aus dem Sack gelassen

schrie der Richter

Jetzt
fällt sie auf die Pfoten
denke ich
sieht in der Dunkelheit
durch
hat sieben Leben

Jetzt
nenne ich sie
Wahrheit

1980

ERINNERN

Und noch einmal
in einer anderen Nacht
in einem anderen Traum

fuhren wir

einen Sommer lang Rad
am Tegeler See

Und ich muss wohl glücklich
gewesen sein
im Moment des Erwachens
in jener Hundertstel-Sekunde

der Wiederkehr
meiner hinlänglichen Erinnerung

aber ich erinnere mich nicht

1983

BIOGRAFIE
ODER
WAS DIE REDEN

Jetzt kann Ihnen niemand mehr helfen
Sagte der Schuldirektor
Aus dir wird nie ein richtiges Rindvieh
Sagte der Lehrmeister
Ich trete Sie ins Kreuz
Sagte der Kompaniechef
Ihr Bettenbau ist Marke Nagasaki
Sagte der Zugführer
Um Sie wäre es doch schade
Sagte der Gruppendozent
Ich schlage Sie mit dem Kopf an die Wand
Sagte der Vernehmer

Jetzt haben Sie die Katze aus dem Sack
gelassen
Sagte der Richter
Und für Sie haben wir Geld ausgegeben
Sagte der CIA-Major

Ich bin schon da
Sagte der Igel

1980

EINEN TOAST
AUF ROBERT WALSER

MilchMilchbrrrt und Milchbrot
soll man bei sich tragen
kommt man die weißen Hügel
herauf zur Irrenanstalt.

Die Weiber verlassen Gott.
Wir nur die Welt.
Und worüber
nicht zu reden ist.

1984

NACHRICHT AUS DER FREMDE

In meiner Straße steht kein Baum
und die Mädchen hier wissen nicht
was ein Dichter ist.
Geschichten vergehen zu Nichts
während gnadenlos Geschichte passiert
in den Spiegeln ihrer Schminktische.

In meiner Straße wird es nie Nacht
und die Mädchen hier schlafen ein
unter dem blauen Flughafenlicht.
Der Horizont ist umstellt von Hunden
und ich entziffere leicht
mein Schicksal an der Zimmerdecke.

In meiner Straße leuchtet kein Himmel
und die Mädchen hier träumen ohne Traum.

1985

STROMABWÄRTS

Es war schön
in Düsseldorf

als du
siebzehn warst
und ich schon alt

und wie bei Neuss
die Dampfer versanken
im Regen

da standen wir lange
bei den Uferweiden
und fragten nicht mehr

denn du warst erst
siebzehn
und ich schon alt

1985

KREUZBERGER ABEND

Frisch aus der Asche
stiegen wir
in die Kellerkneipen.

Mäntel schmiegten
sich an uns
wie betrunkene Frauen.

Schnell wuchsen Pflanzen
uns in den Mund und
der Saft des Vergessens.

Wir durchpflügten
die Wiesenmeere
verlorener Heimat.

Als wir beim Nachhausekommen
auf uns zufielen
zerbrachen im Spiegel

komische Vögel.

1981

KREUZBERG

freitags

wird gebadet
gekreuzigt

ich habe keine
Badewanne

ich weiß nicht
wo mein Kreuz steht

1984

ROUGE ET NOIR

Baden-Baden, November 1984

Jetzt bist du angekommen
Die Signale stehen auf Rot.
Einer in Uniform hat die Zange
Genommen und dich ausgeknipst.

Eine mit zopfschwarzem Haar
Hat wieder auf Rouge gesetzt.
Dein Herz war ein bellender Hund
Jetzt hat er dich zu Tode gehetzt.

STÖRTEBEKER

Am Ende

weil ich ein Pirat bin

werde ich
auf der Straße
mit abgeschlagenem Kopf
an dir vorbeilaufen

damit du freikommst

1984

III

Aus: »Sieben Jahre«
(1991)

SIEBEN JAHRE.

Liebesgedichte

*»Bewahre die Tür deines Mundes vor der,
die in deinen Armen schläft.«*

Wolf Biermann *Die Bibel-Ballade*

SEPTEMBER

Bitter
meiner
Augen
tägliches Brot.
Nachtgesang
tödliche Stille –
aber dann
dein Haar
noch in
den Wassern
dunkel am
Abend immer
dein
blondes
Haar.

Es wandern
Küsse, deine Lippen
die nächtliche
Wiese
hinab, noch immer
der feuchte Tau
um diesen Mond,
August, da fiel
ein Stern, über
die Wasser
blonder Augen,
stillen Gesangs, eines
Traumes, endlich.
Herbst, –
ich
streich
eine Träne
aufs Brot, die
Sehnsucht mir
aus der Stirn.

FÜR EINE EIN GEFÜHL

Liebt ich, vergaß
meinen Namen
vergaß träumend
den Schlaf, blond
meine Nächte
überm Mond.
Der hat schwarz
gelegt, gestellt in
den Wind
die Mauer aus
Finsternis, dass ich
einen Halt finde im
blonden Morgen, leiser
Regen, Donner, eh finster
der Mond
aufschlug gegen Morgen
und zerbrach
dunkelnd am Licht.
Sag ich, der Mond
zerbrach, wer fragt
morgen?
Liebe
Wolke überm
Mond
Mond, Wolke meiner Liebe.
Sag ich, den Mond
abends hell
ich hab ihn gesehn.

EINMAL DOCH –

Wirklich –
einmal war
es doch Glück
als ein Morgen
uns Tau
von den Lippen
wischte und
die Quellen
die wilden Säfte
des Frühlings
tranken –
einmal hast du
nach Harz gerochen
und meine Augen
waren wie Zukunft –
das eine Mal
als wir
erwachten und
das Schweigen verlernt
hatten für Sekunden
voll waren von leisen
Schreien aus Leben
einmal lagen wir
beieinander und
standen doch aufrecht
einmal wie
die Bäume
dieses Waldes
wuchsen wir
mit uns und am Himmel
waren wir groß wie
ein Vogelschrei –
einmal als morgens
der Wald
aufstand gegen den Tod
und es Glück war
was da war.

DREI

Ich sagte zu ihr:
Ich kann ohne dich
nicht mehr leben.

Ich ging in Wälder
wo der Schnee kalt fiel,
die Bäume schrieen vor Einsamkeit.

Sie sagte: Das nicht.

Er sagte zu ihr:
Ich kann nicht
mehr leben ohne dich,
und spielen kann ich nie mehr.

Er zerschlug seine Gitarre
und ging zum Fluss,
ohne einen Takt im Herzen,
wo Sonne nie einbricht ins Eis.

Sie sagte: Bitte nicht.

Deine Verse, wie
soll ich weinen,
deine Gitarre, wie
soll ich lachen.
Wie kann ich leben ohne euch.
Ich liebe euch nicht mehr.

Und jeder König folgte seinem Stern.
Und fanden ihn nie.

STUMM

Als wir uns verließen
sagten wir nichts.
Nicht einmal, dass wir
verlassen sein würden.

So sprachlos war
unser Abschied.

DIESER SOMMER

Das war
dein Mund
voll Glut
und Ferne
die für
ein Leben
reicht
Reden von
Blöden
verschlossen
die Lippen.

Dieser Sommer
hielt
deinen Mund
fest
und ich
verdorrte.

HERBSTZEITLOSE

Eines Morgens noch früh
war es Herbst
und du kamst mit Regen
im Haar

Fiel meinen Lippen
wie Tau

Als es Herbst war
und morgens noch früh

ABSCHIED

du bist
der sand
rinnst durch
die finger
lässt dich von
keiner halten

und
weißt nicht mehr:
du warst fast stein
als ihre hand
dich aufgehoben

ZAUNKÖNIGIN

Als du dann
wirklich
fortgingst
wie ich es
immer gefürchtet
grinste der Mond
in den
Straßenschluchten
war aber
keine Sichel
schnitt das
Gras unserer
Augen nicht
kürzer
stand voll Blut
im letzten Licht
eines Gartens aus
Zäunen verschneit
mit den Fetzen
deiner Kleider.

Aber die ausbrach
wird zurückkehren
fliegt auch ihr
Mund über den Zaun
jede Nacht fallen
die Kleider
die uns zu Leuten
gemacht und fremd
voreinander. Wenn
du nun wirklich
fortgehst.

SIEBEN JAHRE

Hinter dem Wort
tritt
zurück die Gestalt: Rahel.
Küsse zerrieben
von Kosmetik
und Küssen anderer.
Luxusschaum Vergessen: Lea seift den Blick.

Flecken entfernt
Federn gelassen.
Tränen gewischt.
Vorüber sieben Jahre.

Aber / ich weiß / noch
die Gärten / deiner
Augen hell / den heckengesäumten
Weg der / grün
hinaufstieg
im Siebenminutenlicht
der / Promenadenbeleuchtung –
(Laterna magica: du drücktest den Knopf, ich
zog deinen Arm weg, zu spät!
Schon brannte mein Herz.)

Führtest du
über sieben Berge
Einsamkeit.
Wohin nur?
Auf welchen Berg, in welches Tal?
Wann verloren wir uns, wer hat
wen zurückgelassen
und in wessen Herz?

BEFRAGUNG DER SONNE

O böser Traum Sonne
Bist du nicht schuld
                    schuld nicht
am Braun der Mädchenbeine
den Nächten Fieber im Bett
Rücken rot an Rücken
an meiner
                    sandschlagenden Zunge
dem *Schweigen zwischen den Tierblicken*
Bist du nicht schuld
heißer
                    Traum Sonne?

Schweigen zwischen den Tierblicken: eine Metapher von Johannes Bobrowski

NICHT EINSTEIGEN!

Potsdam ist Preußen
zentral
aber du mit
dem natürlich
gewachsenen Mund
einer Hure
lachtest mir zu
noch einmal
die Mondnächte
Mecklenburgs
in deinen Augen.

Ich fuhr
in preußische Nächte.

DAS UNGLÜCK

Am Morgen du
brachtest mir Gänseblümchen.

Am Abend ich
goss sie im Eierbecher.

Eines ertrank.
Du kamst nicht wieder.

ANKÜNDIGUNG

Eines Tages hast du
die Augen geschlossen
bei seinem Kuss.

Eines Tages wirst du
dein Herz schließen
bei seinem Kuss.

NACHMITTAGS IM FRÜHJAHR

Als ein graues Haar
zu Boden fiel
am frühen Abend
und der Züge
fernes Weh wie
immer in meinem Herzen
so kam dein
Bild aus den
Wassern eines
frühen Glücks.
Und deine Augen
mitten am Quell
wo ich trank
die Einsamkeit
dieses Sterns –
so warst du, du wirst
verstehn, warst
vor mir
mitten im Tod dieser
Tage und
wirst bleiben
wie immer in
meinem Herzen
so fern du
wirst verstehn
so mit dir
in der Wärme
deiner Augen
so und nie wieder
im Erinnern –
du wirst verstehn.

GLÜCKSSCHWIMMER

Auf dem See
grünlich im frühen Tag
treibt eine weiße Daune
unter der spiegelnden Sonne,
schwanenweiß, ein Vogel
leicht
im asthmatischen Rauch
meines nächtlichen Atems.
Doch wenn der Sturm
aufkommt wieder
des Unglücks bitterer
Hohn mir die Augen
wund bläst –
dann kleine Daune
weißes Segel,
wirst du fahren auf den
Wasserspuren, wohin? Dahin,
nur Leben trägt, denk ich,
es war schön, weiß ich,
kleine Feder.
Deine Liebe
wird flüstern zum Wind.

Dann stieg aus den Wassern
am Abend
die rote Sonnensäule
und legte sich
flimmernd zu meinen Träumen.

Bis sie der See
verschluckte
und niemand
die Tränen mehr sah,
und flossen einer
Feder nach, den Strömen
lange, bis an dein Blut
Poor Old Mama.

IV

Gefängnis-Gedichte
(1979/81)

Aber das Weinen Antigones
Die ihren Bruder sucht,
Ist wahrlich über das Maß
Des Erträglichen. Das Herz
Ist ein Stein, in dem
Die dunkle Liebe zum Land des äußersten Unglücks
Verschlossen ist wie ein Insekt.

Czesław Miłosz

GEFÄNGNIS-GEDICHTE *

traum

nachts
ich wär' eine wolke
aus traurigkeit

mit wasser und salz

würd' mich
verweinen
über deutschland

September 1979

---

* Im Untersuchungs-Gefängnis Karl-Marx-Stadt der »Staatssicherheit« (Stasi) durfte man in der Zelle nicht schreiben. Unter Aufsicht des Vernehmers, direkt im Verhörzimmer in seinem Beisein, konnte man pro Monat einen Brief nach Hause schreiben. Der Brief wurde nochmals von einem Staatsanwalt kontrolliert. An andere Adressen durfte man nicht schreiben.
Ich verbrachte dort sieben Monate in Untersuchungshaft. Gedichte komponierte ich im Kopf und behielt sie dort bis zu meiner Freilassung.
Im Gefängnis Cottbus (Strafvollzug) durfte man lediglich auch nur Briefe an die Familie schreiben, es war strengstens verboten, Aufzeichnungen anderer Art zu machen.
Während die Häftlinge in der Fabrik auf dem Gefängnisgelände arbeiteten, wurden regelmäßig die Zellen gründlich durchsucht, vor allem auch nach Notizen, Zeichnungen usw. Hier im Strafvollzug jedoch schrieb ich meine Texte kurzfristig und vorübergehend auf, lernte sie auswendig und vernichtete die Zettel möglichst bald wieder. Ich versteckte sie über eine Zeit in der Kleidung am Körper.
In Westberlin, nach meiner Abschiebung aus dem Gefängnis am 20. November 1980, nahmen mich Lilo und Jürgen Fuchs sofort in ihre Wohnung auf, ich schloss mich ein die ersten Tage in mein Zimmer und schrieb, als sei ich noch immer gejagt, hastig die Texte auf aus meinem Kopf. Darunter auch den Plan für ein Hörspiel. Damit die Texte und auch die Täter nicht meinem Vergessen anheim fielen.
Das damals so entstandene Hörspiel heißt »Die Blicke der Nachbarn« und wurde 1983 vom Saarländischen Rundfunk produziert und ausgestrahlt, später vom Sender Freies Berlin, und nach 1990 auch vom Mitteldeutschen Rundfunk gesendet.
Die Gedichte aber blieben größtenteils unveröffentlicht.
Nur »Der Hase«, und »Mein Lieblingstier« nahm ich auf in meinen Gedichtband »Mein Museum. Gedichte aus 19 Jahren« (1995).

Erstes Verhör

Worte waren
ihre
einzige Waffe.

Sie
wehrte sich:
sie schwieg.

28.9.79

Selbststeller

Bekleidet
mit meinem Steckbrief
übergebe ich
dem Staatsanwalt
die entsicherte
Kopie
eines Einfalls

und sage

ich bin auch dafür

1979

Initialen
einer Stehzelle

Jacky, ich liebe Dich!
Deine Bianca

Jena VIII
rote Grütze!
Ich - ?
Dichter der Liebe

Warte nicht auf bessre Zeiten!

DDR BR (beides durchgestrichen: DDR mit: 3x /// und BR mit Querstrich) D (blieb stehen)

Mach's gut Made!
Egon

Anfang 1980
(Gelesen an einer ölfarben-gelben Zellenwand; eingeritzt mit Fingernagel bzw. mit einer Plastikmarke, die man bekam, wenn man zum Verhör geführt wurde. Die Zelle war nur 1 m x 1,20 m groß.)

Kassiber für M.

Als
du ins Gefängnis
gingst
vergrub ich mein Herz

und nur du weißt
die Stelle

September 1979

Golgatha

Sonne!
Junge Orange am Strauch
meiner Sehnsucht.

Sonne!
Dort der Weg über Staub
den Hügeln des Horizonts
folgt
Veronika.
Sie trägt das Kreuz.

Sonne!
Dort der Weg unter Stahl
zur Freistunde
geht
M.
Sie trägt die grünen Streifen.

Sonne!
Geflüster des Staubs
in meinen Augen.

Sonne!

Zwischen einem Zug Sehnsucht
und dem anderen
stirbt sie mittags

im Staub.

1979

Immer klimmen die weißen Mauern der Stadt.
Unter Dornenbogen
O mein Bruder klimmen wir blinde
Zeiger gen Mitternacht.
Georg Trakl

Bruder wenn
deine Liebste
noch schläft
hinter Glasziegeln
ich hab es gehört
um Vier in der Früh
in Karl-Marx-Stadt
lassen sie
die Motoren an.

Steh auf Bruder! vor der Dämmerung
und beschütze den Traum
deiner Liebsten, flieh.

Meine Mutter
ließ einen Apfel
fallen
gab Geld ein Stück
Brot biss ich an
und ließ es Pompeji.
Herren standen
im Zimmer und
wühlten in Büchern
die sich die Augen
zuhielten und
schrieen als
man ihnen die Zungen
ausriss die
zwischen
den verbotenen
Seiten lagen.

Bruder entferne
den Kuss
vom Hals der Geliebten
vom Fenster
den Blick
die Lippen
vom Mund
wenn deine Liebste noch schläft
Bruder! um Vier in der Früh
lassen sie die Motoren an.

endgültig aufgeschrieben erst im Frühjahr 1981

Mein Lieblingstier

Jetzt
haben sie die Katze aus dem Sack gelassen

schrie der Richter

Jetzt
fällt sie auf die Pfoten
denke ich
sieht in der Dunkelheit
durch
hat sieben Leben

Jetzt
nenne ich sie
Wahrheit

Dezember 1980

Der Hase

Haken schlug ich
an die Kreuze
dieses Gitters

Karl-Marx-Stadt
Erdgeschoss
Verwahrraum sechs

nah war ich
den Wurzeln

die mich fraßen

Januar 1981

An die Sonne

erinnere ich mich
genau
an einen Abend
als sieben Tauben
das Brot der Wahrheit
fraßen
das ich
ihnen brach

An die Sonne
am Abend erinnere
ich mich und
wie die Augen brannten
danach

Nur
die Schatten
des Gitters
in meinem Gesicht
sind
ohne Erinnerung

Ende November 1980

Cottbus-Elegie

Steh' ich an meiner Maschine
und ich träume ich wär' ein Baum
der dich einatmet
wie einen Regen

Steh ich an meiner Maschine
und denke daran
dass nichts blüht
wenn es nicht sterben kann

Steh ich an meiner Maschine
und ich träume es gäb' einen Tag
der nach der Nacht einen Morgen
mit deiner Wärme hat

*an der Drehmaschine in meinem Kopf entstanden,
aufgeschrieben im Frühjahr 1981; wir mussten zwangsweise im
Schicht-System arbeiten, wahrscheinlich auch für IKEA-Möbel)*

Nänie

Wenn mein Herz ein Stück Eisen
und die Lippen ein kalter Draht
wirst du nicht fragen wie der geheißen
der sein Glück wie ein Zündholz austrat

Aber ich sah dich noch liegen
auf Wiesen am Himmel entlang
und wollte die Nächte nicht wiegen
als wir uns sagten wir seien nicht bang

Das waren am Anfang die Jahre der Sonne
Das waren am Ende die Jahre vor Gittern

Entstehung: siehe oben

V

Aus: »Miss Suki oder Amerika ist nicht weit!« (2013)

MISS SUKI
oder
Amerika ist nicht weit!

Das ist es, was du tun sollst:
Liebe die Erde und Sonne und die Tiere,
verachte die Reichen, gib Almosen allen, die darum bitten,
verteidige die Dummen und Wahnsinnigen, gib anderen
dein Einkommen und deine Arbeitskraft, hasse Tyrannen,
streite nicht über Gott.
Verkehre frei mit kräftigen ungebildeten Menschen, lies diese
Blätter im Freien, jedes Jahr deines Lebens zu jeder Jahreszeit.

Walt Whitman, aus dem Vorwort zu »Grashalme«

MISS SUKI
oder
Amerika ist nicht weit!

Gedichte um einen Hund

Wiedererkannt hat ihn nur
sein alter Hund. Gewisse Geschöpfe
erwittern unbeirrt ihresgleichen.
Reise wohin es dich trägt, du bleibst
dennoch derselbe. Ich höre den Nachhall
von Penelopes inquisitorischen Fragen,
höre die Mär von den Freiern, aber
der Hund! Der Hund gab sich
ohne Zögern unter deine müde Hand.
Schweigen verhindert Misstrauen.
Wahre Liebe bedarf keiner Worte.
Wo eine Berührung genügt,
haben die Götter
ihr böses Spiel verloren.

Heimkehr, Günter Kunert

MISS SUKI

für Laurel

Ich liebe einen kleinen Hund
der in Pennsylvania lebt

hinweg
über den großen Ozean

werfe ich den Ball

er wartet

den er nur von mir erwartet
jeden Tag

der nicht ins Wasser fällt
nur aus diesem

einen Grund

SUKI FLOG WEG

Mein kleines Hündchen
mit langen Ohren
das kleine Hündchen schwarz weiß

mein Hündchen mit den langen Haaren
hisste die Flagge der Schwanz
ein einziges Weiß

das kluge mein Hündchen
ist weggeflogen

das nie jagte Enten und Hasen
kann tauchen und laufen
nichts macht Wasser ihm aus

wegen der langen Ohren
könnte Enten jagen und Hasen

Einmal brachte der Kater
des Nachbarn ein junges Häschen
grub es aus vom Bau in der Erde

mein Hündchen stand nur und staunte
sah still hob den Kopf noch länger
hingen die Ohren dachte wohl es

käme die Liebe das Häschen
dachte wohl es käme von mir
ein erstaunliches Spielzeug

ein nie gesehener Ball
über das Wasser so weit
unschuldig flog weg

mein Hündchen nach Amerika!

Nicht in den Himmel flog
mein Hündchen mein kluges
seine Ohren Propeller sind Flügel

nur übern Teich ließ mir
noch Zeit
zu folgen zu Wasser zu Luft

er jagte ja nie anderes
als Liebe schläft nun tief
wenn ich erwache verschob nur die Zeit

die Träume die übers Wasser gehen

mein Hündchen, mein kluges.

OHNE ZWEIFEL

zweifellos

das schönste Gedicht über einen Hund

schrieb Sergej Jessenin

ich las es gerade laut
als du unterm Tisch schliefst

Jessenin erzählt von einer Hundemutter
der man sieben Junge ertränkte

du schläfst in Liebe
unter meinem Küchentisch

auf einem türkischen Teppich
und mein frohes Gedicht hier

und Jessenins Schrecken

zweifellos ganz im Glück
sind dir egal

• • •

Mein Hündchen schläft
unterm Küchentisch

irgendwo soll Krieg sein
in der Welt

ich glaube es nicht

SCHWER IST ES

Nein zu sagen
ist sehr schwer

wenn mein kleiner Hund bettelt
um einen Leckerbissen

in dieser Küche

denn niemals wies ab
einen Bettler
der selbst hungerte hier

• • •

Mein Hündchen ist jung

hat plötzlich gute Laune

wie gelb
leuchtet der Ball!

Am trübsten Tag
erscheint plötzlich

die lange vergessene Sonne

• • •

Mein Hündchen
mein kluges
mit den langen Ohren

findet das Zusammenleben
mit einem Dichter

angenehm

soviel Schweigen
von beiden Seiten

zwei die zu oft
angebellt wurden

• • •

Klar ist mein kleiner Hund
königlich
und natürlich ein

CAVALIER PRINCE CHARLES SPANIEL

wenn ich seine Kacke im Plastikbeutel
zum Mülleimer
an der Straßenecke trage

erfahre ich
natürlich
einiges über Könige

und von der Demut
gegenüber
den kleinen Dingen

• • •

Mein Hund und ich hören
Lieder von Theodorakis

ganz leicht

verzögert sich der Gang zur Gasse

denn wir schauen noch einen Film
über Federico Garcia Lorca

zu allem benötigt wie ich
mein kluger Hund keine Brille

mein Hündchen hat lange Ohren
liegt auf Platz vierundvierzig

der Hunde-Intelligenzliste
sagte man mir

meinen Platz unter den Menschen
benannte mir
keiner

• • •

Vorwurfsvoll
schon lange keine Bitte mehr
wenn's ins Nest geht für mein Hündchen:

Warum schreibst du
so lange schon, bis zum Morgen noch?

Blöderweise ist mein Leben
ein Hundeleben wie deines

Lustige Tage mit guten Kumpanen
Sorgen um die Hütte
immer ans Fressen denken

Mein Hündchen versteht sogleich
und wartet weiter

Legt sein kluges Kinn auf
meinen dummen Hausschuh

• • •

Von Vorteil ist's
meinen Hund englisch

anzusprechen
denn wir lügen uns nichts vor

wie glücklich wird er sein
wenn die Tür seines Gartens

aufgeht in Pennsylvania in einer Woche
von diesem Berliner Sommer heraus

nicht 99 Stufen meines Hinterhauses
wo unsere Herzen auf einer Ebene wohnten

• • •

Nun schläft
mein Hündchen
lange schon
hören seine Ohren
die Abenteuer
von morgen

MEINE TRIKOLORE

Drei Farben
hat mein Hündchen ich schwor auf sie

Drei Farben
die ich verschweige

Damit sie nie Fahne werden

Darunter das schöne Weiß
die Freiheit für alle Farben

WAS IHR WOLLT

Englisch oder Deutsch

mein kleiner Hund versteht

alle Sprachen

bellt wenig
hört manchmal

auf keine
meiner vorlauten oder zu leisen Bitten

Passanten jedoch

nur seiner Schönheit wegen

in allen Sprachen
reden ihn an

LETZTE WÜNSCHE

Wenn bezahlbar

keine Dichterfeder bitte
auf meinen Grabstein

mein Hund ist jung
gute Chancen füreinander

gemeinsam

zumindest in der Nähe
fast
wie ich uns kenne
wir geben uns Mühe zusammen
zeitnah

Aber von seinem federweißen Schweif
ein Graffito
auf einer schlichten Kachel

teuer zuvor
waren
wir uns einander

WAHL DER WAFFEN

Mein Hündchen
unglaublich

schiss

auf den Kurfürstendamm

der ist in Berlin
auf nackte Steinplatten

in Brooklyn und Manhattan
sah ich das nie

von ihm

Was dachte wohl
mein Hündchen

etwa wie ich?

• • •

Axel Munthes
Schimpanse

las ich

schiss sogar auf Capri

wie hörte
wohl mein friedliches Hündchen davon?

ENTENJAGD

Anfangs

bis ich Professor für Literatur war
in Gettysburg Pennsylvania

wagte ich kaum DU
zu sagen

zu meinem klugen Hund, einem
CAVALIER PRINCE CHARLES SPANIEL

Wir beide aber leben bescheiden
und jagen nie Enten nach

die andere abschießen

SUKI

Jetzt bist du abgeflogen

und ich

in der Küche
halte noch immer
etwas Futter bereit

du hast Lieblingssorten
besondere Wünsche
ich weiß

Amerika ist nicht weit

PROPHEZEIHUNG

I

Sollte wahr sein
was die schlechteste Nachricht
mir sagt
und wir sähen uns nie wieder
ich bin bereit halte zu dir
auch wenn klar ist du kämst nicht zurück
nie wieder zu mir
die Schale mit frischem Wasser
den Leckerbissen wie du ihn magst
was mir übrig blieb
was sollte ich mehr tun
den Rest zurück findest du

Schönheit, du bist!

II

don't bark
don't jump
don't plow
don't dig

Niemals sagte ich: *don't bite!*

Du warst neben mir
so selbstverständlich
ohne Befehl

DER ES AUSSPRACH

Unsere Trennung
war ein Mensch

du belltest los
ich lachte ihn aus

offen beide unsere Münder
unser verstummter Atem

der nächsten
wahrscheinlichen Brutalität

begegnen wir
allein

GANZ AMERIKA

flog mit dir weg
mein Hündchen
auf deinem Halsband
deinem schönen Nacken
kein Trost und kein Adieu

UND DANN

kommt Suki
wieder

die Erde
gibt Früchte

die Welt
Überraschungen

die Seele kann essen
die Tiere haben Höhlen

und die Vögel Nester

ich habe eine Lederjacke
auf der du gern schläfst

doch ganz am Ende bleibt

leer
die dich streichelte

die kühlere Hand

die Seele …: *vgl. 5. Mose 12:20 und Hiob 33:20;*
die Tiere … die Vögel: *Nelly Sachs*

• • •

Beim ersten Streicheln

erschrickst
du noch

bist woher?

erst sechs Wochen
hier zu Haus

THE PRINCESS AND THE TRAMP

Du hast
mich an Land
gezogen

Ich bin
ein Wassermann

Du
eine Lady
aus den Vorstadt-Gärten

Jetzt
knurr nicht

Wenn ich
vom Meer rede

SUKI

meine amerikanische Liebe
kurz ein Wauwau

kommt
übern Ozean

so ein großer Teich!

Der kleinste Teil
seiner Mühen

für ein Streicheln
von mir

...

Katzen
mag er gern
staunt

dann mit schönem Entsetzen

seine Freude vielleicht
was er auch hätte
sein

können

was dagegen
ist der ansonsten

bevorzugte Ball

er bellt dann nie steht still
beim Anblick einer Katze

der jeden Hund anbellt

das friedlichste Hündchen
kläfft nur an

was sich hündisch gibt

DER GROẞE VOGEL

Du hast
dich
sehr erschrocken

ein großer Vogel
schwarz und grau
flog über deinen Garten

alle Vögel
waren
sofort stumm

unter seinem Schatten

es war kein anderer
als der Krieg

• • •

Wenn Suki
kommt
übern Ozean

kaufe ich
königliches Futter
einen mundgerechten Ball

vom Sommer die Decke
unterm Tisch
in der Küche

liegt noch ich
träume
kleine Bitten

um ein Wunder
es gäbe für ihn

keinen Rückflug

SUKI KOMMT IM OKTOBER

Plötzlich im September
der wärmste Spätsommerabend
in einem Weindorf an der Elbe

und wirklich aus der Platane
über mir fällt Frische
kein herbstlicher Tau

am Abend plötzlich
heiser erkältet vielleicht
von zu vielen Abschieden

ein leises Bellen

Bist du's?
Aber mein Herz ist ruhig
du fliegst im Oktober

standesgemäß von New York
wo Kavaliere
und Prince Charles abheben

an der Elbe wohnen die Kläffer

SUKI KOMMT WIEDER!

Suki kommt

wie viele Tage
des Wartens
vorher

schon
darum
sind glückliche

die wissenden Tage

Und dann wenn
Suki erst wirklich
hier ist

die ersten trippelnden Schritte
im alten Europa!

peepee und *poopoo*
verheißen
Abenteuer und Ziel

wie schön!

Und seine schöne Herrin
Abenteuer und Ziel

• • •

Für deinen
europäischen Ruhm

jetzt bist du bekannt
wie ein bunter Hund

meine schwarz-weiße Liebe

für meine Beihilfe dazu
wünsche ich mir

in meiner stillen Küche
du liegst unterm Tisch

einen unserer
schwarz-weißen Abende

aus Stille und Schweigen
an dem das Grau verliert

DU BIST

das Wunder
das wiederkehrt

deinen schönen Hals
umfasst das blaue Band

des Gettysburg College

deine ersten Schritte
ohne weitere Gedanken

meine sorgenden
die schlaflosen Nächte

lässt du hinter dir

bei einem einzigen Gang
mit angehobenem Bein

als Lady natürlich
mit einem Knicks

• • •

Find
dein weißes Barthaar
noch

auf dem Kissen
vom Sommer
fast schon alt ist das

mein junges Hündchen

Find
im Spiegel
so viel Weiß

in meinem herbstlichen Bart

du kommst nicht
mein junges Hündchen

• • •

Meine Liebe
suchte lange in der Welt
das ganze Leben
suchte die Welt ab

spät
fand ich einen Hund
ein junges Hündchen
klug

schenkte ich ihm ein
angenehmes Leben
etwas das
wie Welt sich anfasst

einen Ball
und mein rundes Alter

dankbar bin ich
meinem klugen Hündchen

kein Wort
von gewesener Liebe

• • •

Erinnere mich
bell' nur ein einziges Mal
sag nur einmal: wau!

auf diesem
fremden Marktplatz
viertausend Meilen

östlich von dir

Erinnere
mich mit deiner Stimme
der einzigartigen

deiner unverwechselbaren Freude

über meine Existenz
dann
angstlos

gehören wir wieder
zum Rudel der Welt
bell' nur ein einziges Mal

• • •

Dunkel ist jetzt der Markt
ein Brunnen
plätschert kein Gebell

Ein Säulen-August erschlägt
den Lindwurm
mit einer Keule

Ins große Fastentuch verwebt
sich meine Erinnerung
ich sitze ganz still

Im September kein Regen
ein kühler Wind
unsere Zeit verschob sich

du hast noch nicht gebellt

GLÜCK

Bevor ich dich kannte
wusste ich nicht

dass Glück

schwarz *und* weiß
sein kann

und in deinem Fall
lange Ohren hat

Vielleicht heißt
Suki

in der Hundesprache

womöglich
nichts anderes

DER MUT DIE FREIHEIT
DAS GLÜCK

»Das Geheimnis von Glück ist Freiheit,
das Geheimnis von Freiheit ist Mut.«
Thukydides (5. Jh. v. Chr.)

Gertenschlank und *brave*
kehrte ich zurück
aus Amerika

alle hier
die Deutschen brav
machten sich Sorgen

um meine Gesundheit
und hatten die eigenen

sie wussten nicht
dass es Glück ist
das schlank macht

einen kleinen Hund
zu behüten

DIE SANFTE MAHNUNG

Ich packte den Koffer
du ahntest es schon
über deine gewöhnliche
Neugier hinaus

Interessante Sachen drin!
Das Weltradio, die Dachs-Salbe
eine *bullet* von 1863 vom Gettysburger
Schlachtfeld *The Literary Review*
der Fairleigh Dickinson Universität

The Dallas Review die Übersetzung
meiner Erzählung *Der wilde Jäger*
cough drops und *maple syrup*
Mit eilig tastender Nase
dem typischen schnuppernden

Hin und Her
eines Prince Charles
hast du alles erraten
plötzlich lecktest du sanft

Meine Hand
bleib doch hier!
Mit leichter Zunge
und mein stummes Verstehen

Ich flog am nächsten Morgen
direkt von Washington
wo wir vor Tagen noch saßen
am Ufer des Potomac beim Abendrot

Direkt in mein
gewöhnliches Unglück
dem typischen Hin und Her
für einen wie mich

Nach Deutschland
wo meine leichte Zunge

Nichts wiegt

DU HAST VERSPÄTUNG

Mit leichter Verspätung
junges Hündchen
in drei Monaten

erst kommst du
doch zu mir zurück

aus Oktober wurde Januar
du hast dich nicht beeilt
und weißt dass ich alt bin

im Januar für dich
werd' ich jung sein
da bin ich geboren

im Januar schon alt

ICH HATTE NACHBARN

The grass grows and grows!
Roger, the neighbour

Der Kater hieß Phili eine Erinnerung
von Roger und Kim an Philadelphia
Gizmo ihr Hund sie wohnten nach Süden
Railways ihr sehnsüchtiger Ruf endlos
nachts den man niemals wieder vergisst

Links die Straße nach Harrisburg
mit Vorliebe befahren von jaulenden
Feuerwehren mit Jungs am Steuer
die den Mädchen das Zeichen geben:
es ist Samstagnacht! ich hatte
Nachbarn in Pennsylvania

Gen Norden im Nachbarsgarten
schwieg George sich aus bei
der Army ein hohes Tier Barbara
seine Frau lachte fröhlich und sagte:
You spoil him! und meinte dich
Suki den Hund den ich verwöhnte
in Laurels Haus wo ich wohnte

Vis à vis obwohl ich freundlich
grüßte viele Versuche machte
die beiden blonden Frauen
grüßten nie aber ihr schwarzer
Freund war bald erobert von
meinem täglichen Gruß
und winkte heftig zurück

Eines Morgens fiel der Schnee
zum ersten Mal in deinem Leben
du liefst hinaus in den Garten
mit dem einzigartigen Staunen
das nur dir eigen ist und träumtest
am helllichten Tag von vielen
weißen Bällen aus reiner Unschuld

Ich hatte Nachbarn in Pennsylvania
der alte Mann von gegenüber
schimpfte auf das Schneeschippen
er hatte den letzten Winter warm
in Key West verbracht das war dir
gleichgültig wie ein Plastikknochen

Während der militärische George
auf seinem Terrain mit einer
dröhnenden Schneefräse umherfuhr
die auch im Frühling nicht leiser
wurde sich in einen Grasmäher
verwandelte rolltest du begeistert
im Schnee im Gras im Blumenbeet
holtest die grünen Tomaten vom
Strauch und legtest sie mir zu Füßen

Ich hatte Nachbarn in Pennsylvania
Montag früh schon ungeduldig
wartete ich auf das Müllauto das
pünktlich um neunuhrfünfunddreißig
die East Lincoln Avenue herabkam
auch wenn nichts in der Tonne war

Du hattest diesen Nachbarn den verwöhnten
freundlichen Hund mit den vielen bunten
Tennisbällen in seinem Garten mit dem
du dich niemals befreunden wolltest er kam
vergeblich zum Zaun wenn du vorbeigingst
du würdigtest seinen Besitz keines Blicks
vielleicht weil der einzige bescheidene Ball
den ich dir schenkte sogar in der Nacht leuchtet

Einmal fing der Nachbarskater Phili
mit unserem Hündchen zusammen
einen jungen Hasen ein Häschen noch
sie dachten wohl ein Geschenk von mir
ein nie gesehenes Stück vom Glück
das sie gemeinsam hilflos anstaunten
das ist meine Geschichte vom Frühling
ich weiß nicht ob der Hase da noch wohnt

Ich hatte Nachbarn in Pennsylvania
am College sieben kluge Studenten

ein wenig Glück auf der Welt
das mir folgte wie du
auf jedem Schritt

ERINNERUNG

Jetzt habe ich
vorausschauend
meinen linken Wurfarm

ausprobiert

vorsorglich für Januar
für deinen gelben Ball
Richtung Himmel

die Muskeln
im Rücken knirschten

genervt

aber mein Herz
entsann sich

sogleich

jeder Bewegung

GRÜNDE

Du bist das
beste Pferd im Stall
meines alternden Herzens

dem alle Schwäne fortflogen
schwarze und weiße

wo kein Heiliger je einkehrte
nie richtete sich eine Familie ein

du bellst selten
verlangst
keine Bekenntnisse

um zu bleiben
genügt dir
ein Streicheln

DER ABEND

Die Tiere versorgen
zuerst

dann die Dinge
versöhnen

des Menschen

WIR GEHEN AUF KREUZFAHRT JEDEN ABEND

Im Osten
in einer kleinen Stadt
wohnst du

Im Osten
in einer kleinen Stadt
wohne auch ich

In meinem Osten
möchte ich
nicht mehr leben

Mich verbiss das Tier
der Einsamkeit
das umgeht dort

Zuviel Leere kein Mensch
ab acht Uhr
auf der Straße niemand

Den man fragen könnte
der den Weg weiß
und wüsste um Trost

Die schönen Mädchen
zogen fort nach Westen
Erzgebirge Vogtland

Alt und müde
und die Jungs
gingen fleißig hinterher

Gold und Silber folgte
Armut Schweigen
großem Berggeschrei

Großes Blues-Konzert
heute Abend
von Cory Harris aus Mali

The Blues Brothers im Majestic
Romeo and Juliet
im Kline Theatre 21 Uhr

Schumann und Chopin
ab 19 Uhr
in der Schmucker Hall

Wenn du willst komm mit
heute Abend lese ich
in der Pennsylvania Hall

Du suchtest dir ein ruhiges Heim
in einer kleinen Stadt
im Osten

Ein College
ist wie ein abendliches
Kreuzfahrtschiff

Man muß
sich entscheiden auf
welches Deck man geht

Das ist der Unterschied
Osten und Osten
Sachsen und Pennsylvania

Deine Wahl fiel auf
wenige Schritte du siehst
The Dogwhisperer

Im Fernsehen oder schläfst
schon lange zu meinen Füßen
wer könnte ruhiger sein

Wo so vieles passiert
behütet im Osten
der ganz anders ist

WENN DU BETTELST

Wenn du
unter der Tischdecke hervor
mit deiner weißen Vorderpfote
an meinem Bein sanft kratzt

willst du nur spielen

Wenn du beide Pfoten
zärtlich auf meine Knie legst
dort ganz unauffällig liegen lässt
möchtest du gern auf den Schoß

und lange dort liegenbleiben

Gleich ob der Boden kalt ist
oder warm die Erde gleichmütig
sich dreht in diesem Augenblick
suchen wir Bettler die Wärme

den Moment
der Liebe
dessen Sprache

wir niemals
erlernen

NUN KOMM, LETZTE LIEBE!

Komme Du bald!
(eine wiederkehrende End-Floskel
in Heines 25 Briefen an die *Mouche)*

»Margareth«
Elise Krinitz
Heines »Mouche«!

In meinem Alter

Die Pocken
des Herzens

Dachte ich
deinen Namen

CULP'S HILL, APRIL 19, 2012

für Michael Ritterson

I

Wir überblickten die Schlacht
von Gettysburg

II

Elizabeth
Karolina
Sarah
Caleb
Carter
Kurt
Ned
Professor Ritterson
du und ich

Die Karte wies aus
den Aufmarsch
der Union blau
die Linien rot
der Konföderierten

Hier starben an drei
Tagen
50 000 Soldaten
im Juli 1863
heute war ein sonniger
Nachmittag im Frühling

Cory unser Guide in *civil war*
studies führte uns hinauf zu
Culp's Hill
schenkte mir zur Erinnerung
eine 58 Caliber Union Bullet
nach dem jeder von uns
Satz für Satz
ein Stück von Lincolns
Gettysburg Address
vorgelesen hatte

III

Ich sagte:
heute bekommt ihr von
mir keine Hausaufgaben
mehr das Semester mit
euch war *great!*
Schreibt eure *Final*-Aufsätze
zu meiner *story*
Der letzte Tag der Kindheit
und gebt sie rechtzeitig ab

Krieg und Frieden
Nach der Revolution
Militarismus und Staat
Verrat der Intellektuellen

Der Einzelne und die Macht
waren unsere Themen vergesst
mich nicht bis jetzt
habt ihr alle
die Noten A oder A+

IV

Das Erschrecken
über die eigene Geschichte
lehrte ich euch auch:
Walt Whitmans *Leaves of Grass*
Carl Sandburgs *Buffalo Dusk*
People who must
The hangman at home
Hemingway und Paul Auster

Ich bin das Gras. Ich decke
zu. Häuft Berge bei
Gettysburg. Häuft Berge
bei Ypern und Verdun.

Grabt sie ein und lasst mich
arbeiten …

Was war hier los?
Wo sind wir hier?

Die die Büffel gesehen
sind fort.
Und die Büffel sind fort.

Mancher fragt: Ist Gott
auch einsam?

V

Wir gingen hinunter zur Stadt
ohne Last im Rücken
zum Semester-Ende hin

die langen Strahlen
der sinkenden Aprilsonne
färbten die Fenster des Colleges
die alten Mauern in tiefes Rot
ihr hattet das Leben vor euch

Du zuckeltest wie immer
ein wenig übermütig
zogst an der Leine
bliebst an keinem Baum
lange mehr stehen

nie gingen wir glücklicher
nach dem Haus zurück

wo ein blassrosa Magnolienbaum
stand der scheinbar nur
für uns blühte

nie kamen wir glücklicher
nach Hause als von Culp's Hill

VI

Es gibt Fotos von diesem Tag
die friedlichen Wiesen der Schlachtfelder
die Studenten und wir auf dem Hügel
Gettysburg und die Dächer des Colleges

wir sind die zwei Schatten auf dem Heimweg
unser übermütiges Glück wie in der Kindheit
auf dem sonnigen Trottoir halten sie nicht fest

TREUER FREUND

Lieber treuer Freund
du nimmst den steil geworfenen Ball
mitten aus der Luft hoch oben
wo nur mein Staunen hängen bleibt

Der niedrig mit viel Kraft durchs
hohe Gras geschossene
entgeht dir nicht
es bleibt nur deine Spur zurück

Das Gras richtet sich wieder auf
während du dich vor Freude
überschlägst bauchoben liegst
aus reinem Vergnügen

Immer wenn es scheint du
hast mich vergessen bringst du
im letzten Moment den Ball
treu gerade zu mir zurück

Dann aber bei schlechtem Wetter
oder wenn einer der Menschen
krank ist ein Tag für dich
ohne Ball nimmst du Rücksicht

Fängst du still den ball-losen Tag
der traurig in der Luft hängt mit
geschlossenen Augen liegst du bei uns
unter dem pennsylvanischen Himmel

THANKSGIVING

Deine Nase
wie ein Wunder
aus schwarzer Plastik gemacht

ist sehr lebendig
beim Wort *Thanksgiving*
hebst du ein wenig den Kopf

schon Tage voraus
riechst du den Truthahn
in dem *truth* die Wahrheit

steckt gefüllt mit duftenden
Erinnerungen prall vom Jahr
für diesen einen Donnerstag

LETZTE VERBINDUNG NACH GETTYSBURG

Jetzt zieht
ein Monstersturm
der Jahrhundert-Hurrican

über euer Haus hinweg
in dem ich
so lange zu Gast war

Mir sind
die Hände gebunden
durch endliche Ferne

Mit meinem Herzen
zurre ich euch fest
Suki am blauen Halsband

DER JANUAR, WENN DU KOMMST

Die Blätter vom Herbst werden
dann nicht mehr sein
wir werden in den Himmel schauen
verliebt ineinander ihn bitten
dass er uns weiße Blätter schicke
so groß wie ihm möglich

geradezu Bälle
oder ich mach dir welche draus
dass du sie fängst

Nicht zu kalt sollte es sein
für sanftweiche Flocken
um große Bälle zu kneten
denn einer muß doch da sein
dem man seine Liebe schenkt

Sie werden dir im Mund zerfließen
bevor du
sie zurückbringen
kannst

zu mir

das ist die Zukunft

DIE SPUR

Ein federnder
Zick-Zack
ist dein Gang

die wissende Nase
dicht
am Waldboden

als spürtest du
meinen
Lebenslinien nach

wer

weiß
sonst darum

DIE VISION

Ich sah in deine Augen
und wusste

es stimmt

ich sah nur Liebe
darin

was ich bei T.S. Eliot fand:

Oh! keep the Dog far hence,
that's friend to men, /
or with his nails
he dig it up again!

(»Oh! halte den Hund fern,
der dem Menschen Freund ist, /

oder er wird ihn mit seinen Pfoten
wieder ausgraben!«)

Ich muss es dir vorher
noch ausreden

in nächster Zeit

DIE LEGENDE DEINES STAMMES

(1587)

Kurz vor der Hinrichtung
Maria Stuarts
soll aus den Falten ihres opulenten Kleides
ihr Lieblingshund
ein schwarz-weißer
Cavalier King Charles Spaniel

gefallen sein
der sich dort versteckt hatte

Sein Name ist nicht überliefert

Nur dass er sich von ihr
nicht wegreißen ließ
bevor ihr Kopf fiel

Ich denke
seine Seele kam

auf dich

VI

Neueste Nachrichten über Miss Suki (2013/17)

Vorbemerkung:

Natürlich endet eine große Liebe nicht.
Auch wenn man ein Buch über sie geschrieben hat.

NATIONAL GEOGRAPHIC

Mit dir
kann man

wirklich

nur schwer
in einen Bus steigen

schon ruft eine reifere Dame:
ooch, ist der süß!

So sehen alle
unsere Reisen aus

Berlin, 7. Juli 2014

UM EIN HAAR

I

Mein unverlorener Glaube
beinahe

mit unverlierbarem
Glauben fast

an diesen einzigen Sommer
vor zwei Jahren

II

Quatsch! dein Barthaar
liegt unübersehbar hier

der Beweis von Liebe
existiert nicht

nur dein zweifellos
zwei Jahre altes weißes Haar

auf meinem Kopfkissen
obwohl ich dir abends

immer geduldig sagte
du sollst in jedem Fall

an meinen Füßen schlafen
Mensch, Suki!

Berlin, 18. Sep. 2014

NACHRICHTEN, 1. SEPTEMBER NULL UHR VIER

Tausende Zehntausende
Flüchtlinge

sind unterwegs
aus Afrika Asien

dorthin
wo ich lebe

meldet
der Mitternachts Rundfunk

neben heftigen Gewittern
Sturmböen

einen Temperatursturz
das Ende des Sommers

die Verkehrslage –
zwischen

Saarbrücken
und Bad Homburg

(jetzt ist es schon
Null Uhr vier)

sei ein Hund
auf der Fahrbahn

seltsam

sie sagen
in beide Richtungen

ich erkannte
dich gleich

vielleicht
verliefst du dich nur

unterwegs
mit denen voll Hoffnung

sei vorsichtig
auf allen Wegen

auf denen
du zu mir kommst

Pöhl, 31.8/1.9. 2015

PIRNA, NOCHMALS

Was ist diese Stadt?
Ohne meine Liebe

Ich bin voll anderer
zu einem Hündchen

in Pennsylvania

hier rotten hin
die alten Gaskammern

unten frech leuchtet
der neue bunte Stolz

das ganz große Theater
Tom Pauls

gebremst periodisch
von Ebbe und Flut

die es hier nicht gibt
aber die Sintflut

ich sage heut
erneut valé dreh

mich nicht um wie
es Touristen tun

ruhig wohnt hier
der Verrat

Normalität

ich denk' mir
du würdest bellen

mich
heftig wegziehen

an der Leine
fort von dieser Stadt

willkommen Abschied

zieh' straff die Leine!

Di, 5. April 2016

DIE SCHRITTE, DIE DU WEIẞT

I

Da sind sie wieder!

Die wenigen, die paar Schritte
die ich mit dir Gassi ging

damals an diesem Abend
hattest du kein Interesse

und machtest schnell

einfach nur müde
bliebst du stehen

zogst an der Leine
entschieden nach Haus

ich sagte
komm, noch diese paar Schritte

ein wenig Tabak zwei Bier
und vielleicht gibt's im Kiosk

auch Leckerlies

ich wusste es nicht
versprach dir nichts

wie nie
pennsylvanische Wiesen

im steinernen Herz von Berlin
jedoch diesen jungen Sommer

mit aufregenden Gerüchen
neuer Bekanntschaften

wir gingen rasch zurück
auf deinen türkischen Teppich

unter meinem Küchentisch

Heute Abend ging ich sie wieder
die wenigen, die Schritte die paar

du warst 14 Monate nicht bei mir
ich war mal eben so lang

im Gefängnis aus anderen
Gründen von Sehnsucht

II

Ach, jetzt erinnere ich mich!

Wir trafen hinwärts auf diesen
paar Schritten

drei türkische Mädchen
die lachten und zeigten

auf den Kackebeutel
in meiner Hand sie lachten

denn du bist sehr schön

heimwärts kam ein Mann
mit einer französischen Bulldogge

du knurrtest nahmst dein Leckerli
im Maul auf die andere Seite

außerdem fing es
plötzlich zu regnen an

auf jeden unserer Schritte

III

Der Kiosk hatte am Abend
früher gab es dort Pferde-Wetten

erst neu eröffnet
gerade an diesem Julitag

du lebst wieder in Amerika
was sollte dich hindern

noch einmal
diese paar Schritte zu gehen

deine schöne Herrin vielleicht
die so lange schon ausblieb?

Mittwoch, 19. - Dienstag, 25. Februar 2014

UNVERSTÄNDLICH

Gequälte Stimme
Spanisch Kastellan

bald wird
die Sängerin

weinen

voll Wut
das *Quero*

das *Quanto*
schreien

aus ihrem Herzen
Chavela Vargas

ob sie *nur* geliebt hat
oder auch einen Hund hatte?

oder
nur untreue Menschen fand?

Das ist heute Abend
eine Frage

an dich

heute ist Wochenende
aber weit

von dir
sind die Tage

eigentlich
habe ich freie Zeit

war es
das schon

la vida!?

Corazon
cucurrucucu paloma?

Du schliefst mir
oft an der Brust

mit dem Herz
einer Taube

mein Hündchen

deine Antwort
genügt schon

Berlin, 11. Feb. 2017

SUKI SPRICHT MIT BERGANZA

für Ewa

Schon als Tier hat der Mensch Sprache …
Johann Gottfried Herder

I

Berganza du sollst
mal nicht übertreiben

du bist seit Valladolid
unterwegs und erschöpft

von den Gesprächen
mit Calderon und Cervantes

zuletzt gesehen in Bamberg
am Nepomukdenkmal

von einem betrunkenen
Kapellmeister

den es im Kopf
kreißlerte

II

Obwohl wir alle
Mitleid mit dir haben

und achtvoll stehn'
vor deinem Mut

deine schöne Herrin Julia
freizubeißen

von diesem Wüstling
dem Bankier

ich red' ansonsten
nicht mal in der Nacht

Theater interessiert
mich nicht

hingegen meist mein Ball
von Menschen nur der eine

inzwischen ist ja klar
dass man entschieden

schweigen sollte über das
worüber nicht zu reden ist

III

Jedoch erzähl mir noch
warum dein Freund

in Spanien, Scipio
so verstummte

und Karthago
liegt zerstört

Ich bin zwar ein Hund, aber euer Vorzug, aufrecht zu gehen, Hosen zu tragen und beständig zu schwatzen, wie es euch gefällt, ist nicht so viel wert.
E.T.A. Hoffmann: *Nachricht von den neuesten Schicksalen des Hundes Berganza*

Siehe auch Miguel de Cervantes Saavedra: »El coloquio de los perros« *(»Gespräch zwischen Cipión und Berganza, Hunden des Auferstehungs-Hospitals«, 1613), auf das sich E.T.A. Hoffmann bezieht. Hoffmann nennt den befreundeten Hund Berganzas Scipio, bei Cervantes heißt er jedoch Cipión.*

23. August/18.September 2014

DER STERN

Irgendwo
in der Ferne

bellt
ein Hund

du kannst
es nicht sein

dankbar
bin ich

diesem Hund
für sein Bellen

du bist
in der Ferne

bist keine

blasse
Erinnerung

vielleicht
siehst auch du

ihn gerade
pulsieren

den du
anbellst

und dein Herz
denkt

wie ich:

geh dem Licht
nach

dann
kommst du zurück

Pöhl, Mi, 12. Juni 2013

IN WOLKEN MIT DIR

Ich schreibe dir

auf einem letzten
Blatt Papier

aber sei ruhig
nichts ist passiert

nur das Alter kam
über mich

du bist ein Hund
bist mein Hündchen

selbst das Nichts
führt uns zusammen

vielleicht einmal
noch ich dich

dann
ganz ohne Leine

ich komme
gern mit dir

in den Hundehimmel
was gibt's wohl dort

zu *futtern* für uns?
Ich wäre zufrieden

mit dem
nie versiegenden

Wolkenschmaus
was meinst du?

Berlin, Do, 8. Januar 2015

MEIN ALTER

In diesem Jahr
diesen Sommer

kamst du
nicht

Amerika
war weit

vielleicht
hatte ich

einmal alles
nur geträumt?

Nur dich nicht?

Berlin, Do, 25. Juni 2015

DER ERSTE BAUM

Freu' dich
mein Hündchen!

Noch immer
schlägt

besessen

in der Stadt
wie mein Herz

der Säulenheilige

mit seiner Keule
auf das Böse

den Lindwurm ein

ich schrieb dir
hier in jedem Jahr

vom Großen Fastentuch
an dem ich warte

hoffnungsvoll
auf dich

nimm dir noch Zeit
geduldig

noch ein bisschen
mehr an Kraft

noch ein bisschen
wie die Heiligen

Jahr für Jahr
gewidmet

ganz
ihrer einen Aufgabe

selig war dieser
Augustabend

als ich hoffnungsvoll
dir schrieb

Bell nur ein einziges Mal!
dann gehören wir
wieder zum Rudel der Welt.

Das Herz vergisst nicht
nimmt

Schlag für Schlag
das Alter an

Lauf' heute Abend
noch ein bisschen

in deinem
schönen Garten

dort in Pennsylvania
dort nachts halb drei

nach 11 Stunden Flug
pflanzte ich einst

dir den ersten Baum
(ja, der ist's: vorn gleich links!)

der seine Äste Blätter
schirmt stolz

so weit
wie du die Ohren

ganz und gar
ein echter Cavalier!

Zittau, Mi, 13. April 16

EINE FRAGE
HINWEG
ÜBER DEN GROßEN TEICH

Pennsylvania
die sehr fette rote Erde
die ich stach
zum Kräutergarten
ein wenig Gemüse auch
der Lorbeer
gehört dir
alles was wuchs
schnell bist du
und schön
und wie du hinweg rennst
darüber

ob du
noch weißt
wie wir zusammen
gruben die Erde fett rot
an deinem Fell

obwohl du
nicht gern badest
mich ansahst
hilflos mit großen Augen
aus der Wanne
in die das Wasser rot ablief
ob du das manchmal noch weißt?

Bad Düben, Mi, 1. Okt. 2014

BRIEF
UNTER DER WOCHE

Liebe Suki,

heute habe ich
eine Nervenärztin

angerufen

um ihr zu erklären
was eine

posttraumatische
Belastungsstörung

ist

wegen eines Freundes
der drei Jahre

unschuldig
im Gefängnis war

er kann nicht mehr

nachts schlafen
in einem Bus fahren
einen Fahrstuhl benutzen
über einen großen Platz gehen
helles Licht vertragen
unter vielen Menschen sein
er grübelt wer ihn verraten hat

all dies hast du

weil es dich gibt
von mir genommen

Bischofswerda, Mi, 19. März 2014

DIE ZWEIFEL, DIE UNS NÄHREN

I

Ob du bald kommst?

Inzwischen

sind wir beide gezeichnet
vom Warten

du eher durch Ruhm
der bekannteste Cavalier

der Welt
fliegt über den Großen Teich!

Weil ich Gedichte schrieb
für dich Hündchen

ich hatte zu viele Jahre
zu lange Zeit

was dagegen ist
ein Trans-Atlantik-Flug

die zukünftige Traurigkeit
in deinen Augen

werde ich
nicht mehr bestehen

meine hilflosen Gebete
um deine Rückkehr

kamen
auf den Hund

einer sagte März
der andere Mai

wie nur soll ich
dir alles erklären

eine einfache Sache von
Liebe die nicht vergisst

II

Ich muss auf jeden Fall
an frische Leckerlies denken

auch einen neuen Ball kaufen
Tabak habe ich immer dabei

Alter macht vergesslich
nur den Dingen gegenüber

Berlin, Mittwoch, 26. Februar 2014

DAS WIEDERSEHEN

Ich hätte davon
gern viel länger
berichtet
aber du bist jung
immer voraus
schneller
als meine Nägel am Finger
nachwuchsen
kamst du zurück

hielt ich dich
frisch aus dem Regen
im Januar
rieb dich ab
mit trockenem Tuch

die Tage die folgten
der Schnee kam
für uns zu spät
ich durfte
dich nicht sehen
keinen Ball mehr
werfen für dich
jemand spielte Gott

nie sah ich dich
niemals im Schnee
in Deutschland

rollte aus
im müden Zimmer
meine Versprechen
für unseren Januar
du liebtest mich
trotzdem

es gibt kein Wort
dafür wie
schnell du
mich erkanntest

lange Spaziergänge
über Hügel ins Tal
vogtländisch
die Boulevards Berlins
Gneisenaustraße
ich hatte
sie beinahe vergessen

da begannst du sanft
an der Leine zu ziehen

du ranntest aus der Tür
auf mich zu
in deinen Augen

unverwechselbar
deine Freude
die Antwort
auf meine Frage
du erkennst mich:
where is your ball?

14. Januar 2013

FORTGESETZTES KLISCHEE

Jetzt bist du
vielleicht

schon in der Stadt

meine Hast
passt nicht

vielleicht
passt sie anderswo hin

zu den Wartenden
wo sollte das andere sein

das man Amerika nachsagt?

Du
tratest ein
in mein Herz

immerzu

freundliche Leute
ein wenig Angst

Zahnleckerlies
für mittlere Hunde
(sei nicht beleidigt wegen des Attributs!)

leichten Muts treuen Herzens
sie denken sich es rund

für dich hatten sie nix

aber
einen goldgelben Ball

auf dem Hauptbahnhof
von Leipzig

ich kaufte für dich
in reinem Sächsisch:

gäb'n se dehn mal her fürn Wauwau!

Ich weiß nicht
wohin

ich ihn werfen sollte
auf preußische Wiesen

Rest meiner
Pennsylvanischen Träume

vielleicht bist du jetzt

schon
in der Stadt

klüger vermutlich
und ziemlich munter

mit ganz
anderen Vorstellungen

während die Deinen
über Jetlag klagen

und ihre
künftigen Ziele

Berlin, 25. Juni - 6. Juli 2014

DIESER CAMPINGPLATZ

Wirklich einer der schönsten Momente
meines Lebens
ich ging mit meinem Hündchen Suki

Über den Campingplatz:
wir waren ganz allein –
irgendein Länderspiel im TV

Erde gegen Mond oder so etwas

Aus den Bungalows Caravans Zelten
raunte der Mob der andere Teil
des Mobs stöhnte, aber gedämpft

Bei jeder Niederlage

Ich ging mit dir wo sonst Dutzende
gingen vor der Toilette trafen wir
eine Frau ich rief:

Sie sind wohl auch kein Fußball-Fan!?

Sie drehte ihren Kopf weg beleidigt
gehörte wohl zum gesichtlosen Mob
du schautest fragend mich an

Im Unklaren über so viel Unverständnis
von Menschen über unsere Zweisamkeit
Mein Hündchen, glückliche Zeiten!

Ohne Menschen nur mit dir zu sein

Als hätte die Welt einmal innegehalten
nur für diesen einen Moment
nur für dieses eine Mal

Einmal nur für uns Zwei

Zittau, Mi, 13. April 16

DIE DINGE,
DIE ICH VERGAß

Ich hatte vergessen

wo ich diese Kastanie
einst aufhob

für dich
auf einem Spaziergang

denn an dich
dachte ich gerade

als ich in Bosnien
in der Krajina

ein Rudel
wilder Hunde sah

das im Winter
sagte man

durch Hunger
bösartig würde

der weiße, der kleinste
voran mit dem

durch ein Auto
verstümmelten Schwanz

das Rudel

aufgeschnürt in Linie
bettelnd am Parkplatz

an der *Una*
dem Grenzfluss zu Kroatien

Mich fror

an diesem Abend
aber ich wusste

dich aufgehoben

wann nur
hatten wir

diese Kastanie
gefunden

die ich
in meiner Tasche trug?

Berlin, 1. November 2014

MEIN GARTEN
IN PENNSYLVANIA

Der *Mockingbird* *
hatte nicht geirrt

hoch oben
in deinem Garten

das ziegelrote
Cardinal ** Pärchen

auf dem hölzernen
ungestrichenen Zaun

saß dort

die brütenden *Robins* ***
überlebten den Tornado

schaukelnd in der
schwankenden Tanne

vor dem Fenster
wir sahen zu

unten wartete
der schwarze Kater Philly

am Stamm schon
das todgraue Eichhörnchen

Glück oder Unglück
es ist deine Welt

---

* Mockingbird = Spottdrossel, ahmt die Stimmen anderer Vögel nach, gilt als Unglücksbringer

** Cardinal = Kleiner ziegelroter Vogel, der in Nord- und Mittelamerika beheimatet ist

*** Robin = Der *American robin* ist eine Wanderdrossel, nicht zu verwechseln mit dem wesentlich kleineren Rotkehlchen, das nur in Europa, Kleinasien und Nordafrika vorkommt

und es war meine

Der Vogel der narrt
mit seinem Ruf

Glück oder Unglück

wie es sein Schicksal ist
und unsere Bestimmung

hat niemals gelogen
er saß stets hoch oben

in deinem Garten

obwohl wir ihn lange
vergaßen im Spiel

belog er uns nie

nie hörten wir
sein *Nevermore*

das am Abend
der glücklichen Tage

mit der Stimme
des Raben einfiel

Pulsnitz, 24. April 2013

DER TRIUMPH

Heute ist ein Gedicht

mein Gedicht für dich
eines von vielen

in der Schweiz

zum Gedicht der Woche
gewählt worden

Das wird dich
nicht weiter beschäftigen

wenn du jetzt in deinen
abendlichen Garten läufst

den Ball findest
den ich dorthin warf

vor einem langen Jahr

Du ganzer Stolz
mit deinen langen Ohren

hörst plötzlich vom Nachbarn
her im Radio vielleicht

ein Lied

der Nachbar wird keine
Klassiksammlung haben

scheint mir du hebst nicht
du lässt die Ohren sinken

Bleibst mitten stehen im Spiel
Where is your ball?

war meine Frage immer
die du gewiss noch weißt

*»Wie oft brüten wohl
die Rotkehlchen in Amerika?*

*Hier, die unseren, taten
es schon drei Mal«*

singt Madame Butterfly

hinein in deinen Garten
von weither übern Zaun

die leiseste von Fragen die Menschen
fragten je aus Schmerz

Wir sind keine Rotkehlchen! rufen
die *American Robins* wir sind

Mockingbirds! rufen die anderen
der rote Cardinal schweigt

mit erschrockenem Herz

auf dem bleichen ungestrichenen
hölzernen Zaun

Du findest bald meinen Ball
du erinnerst dich er leuchtet

auch in der Nacht
alles andere

soll dich nicht weiter
beschäftigen

Reichenbach, Mo, 2. Dezember 2013

WEITER NOCH ALS
DAS NICHT BEFAHRENE UFER

Ich fuhr heute Nacht
über ein Wasser

hinter dem
du nicht wohnst

der Fährmann
nur allzu bekannt

verlangte
das Verbundraum-Ticket

und die Fahrt
kostete nichts

die letzte Fahrt
ist noch Lebenszeit

nur zu gut bekannt
wirklich keinen Cent

die letzte Fahrt
zu dem anderen Ufer

das jeder erreicht
an dem du nicht wohnst

zum ersten Mal
war ich glücklich

seit wir uns kennen
dich nicht zu sehen

an diesem Ort kamst
du mir nicht entgegen

du lebst ja unerreichbar
mein Hündchen

an anderen Ufern
weiter noch

als das nie befahrene

Bad Schandau, Dienstag, 9. April 2013

DER GLAUBE FEHLT

Was ich weiß
ich verlor's

was ich wusste
ich verlor's

der Glaube
fehlt mir wie du

nur dass ich
niemals mehr

ein Hündchen

haben werde
wie dich

will
ich nicht glauben

Riesa, Di, 17.3. 2015

DIE STILLE FRAGE

… an den Nil?

Uralt, unnütz durch die Adern fließend … (1923)
Marina Zwetajewa

Du bist
ein Hund
mit dem ich lange war

Warum
sehe ich dich
jetzt in jeder Fliege?

In jedem Tier
auch Büffel
und Elefanten

Was ist geschehen?

Was wohl Löwen
von mir denken
wenn sie mich jetzt

unter Menschen sehen?

Seit du weg bist
verband ich mich

jeder Mücke

Naunhof, Di, 7. Juni 2016

VOM ROT

I

Im Oktober
hast du Geburtstag

Oktober
deinetwegen

mag ich sehr
weil auch du

seine Farben trägst
dein schönes Braun

ein wenig Weiß
das schon

weise wie du bist
auf den Winter weist

ansonsten
das Schwarz

von dem wir
nichts wissen

als vielleicht
die Furcht

uns nicht
wiederzusehen

Jetzt
vor deiner Tür

ist wieder
INDIAN SUMMER

burning bush
unserer Herzen

kaum zu glauben
dass ich

einmal dort war
im Oktober mit dir

II

Auf Fotos
die man schickt

Fotos
von dir

im Hintergrund
brennt

ein neuer Oktober
scheinst du

gelangweilt
schaust auf

einen liegen
gebliebenen Ball

bewegungslos

unter
einem *burning bush*

Hoyerswerda, Di, 6. September 2015

GLAUBE MIR

Heute war ich zu müde
glaube mir

ein Gedicht
für dich zu schreiben

zu viele Stunden
trennten mich

von jeder Hoffnung
wie die viertausend Meilen

die wirklich
zwischen uns liegen

auf dich dein Fell
schwarz auf weiß

gern hätte ich
geschrieben

mit allen Fingern

heute wie an
jedem Tag

das Wort Liebe
wie kein anderer

so hoch werfe ich
jetzt deinen Ball

Bautzen, 6. Mai 2013

DAS RUDEL DER WELT

Suki würde jetzt
vor Freude

an dir
hochspringen

schreibt
ein Freund

übersetzt
sind

ins Polnische
ins Portugiesische

meine Gedichte
an dich

jedoch bist du
nicht hier

wo ich schrieb
vor zwei Jahren:

bell nur
ein einziges Mal

dann
gehören wir wieder

zum Rudel der Welt

ich warte noch
am Großen Fastentuch *

---

* In der Stadt Zittau, im Dreiländereck Deutschland-Polen-Böhmen an der Via Sacra, gibt es ein großes und ein kleines Fastentuch, das Große Fastentuch aus dem Jahr 1472 überstand Stadtbrände, Weltkriege und Besatzungsmächte. Ein ähnlich gut erhaltenes Tuch gibt es weltweit nur noch in Frankreich.

(nicht ranpinkeln
wenn du kommst!)

es ist alt wie die Liebe

Zittau, Mo, 17. März 2014

WENN DER MOND AUFGEHT

Wenn ich mich umdreh
gute Nacht sag
Hündchen jeden Abend
auch für dich, zu dir!
Nein, es stimmt nicht!
Du sollst jetzt
durch deinen Garten jagen
munter bist mir ja
um eine halbe Welt voraus

Ich wart schon jahrelang
auf dich
und dreh mich um
lauf noch mein Hündchen
fang den Ball der Welt
manchmal den Mond
wenn der grad lustig ist
während ich mich umdreh
sag ich trotzig westwärts
gute Nacht auch du
träum jetzt schön
wenn ich dann aufsteh'

Du verstehst

Ich lieg' lieber auf der
Herzensseite um dir
beim Tollen zuzusehen

Wroclaw, 12. Mai 2014

HIER
KOMMT
DEIN BOOTSMANN

Suki! ich fand
grad auf der Welt

einen Freund
für dich

Gabrielle aus Irland

schickte mir
den Tipp die Dichterin

Denk' nicht
Lord Byrons Hündchen

BOATSWAIN

liegt in einem tumben
Grab auf Newstead Abbey

seit November 1808

irgendwo in England rum
wie's in den Büchern steht

Lauf los, wann trefft ihr euch?
die Literaturgeschichte

ist völlig dumm!

Wroclaw, 12. Jun. 2014

Gabrielle Alioth über Suki und Boatswain
»Und einen großen Dank für die Suki-Gedichte, die mich durch den Tag begleitet haben. Suki muss – neben Lord Byrons Boatswain – der am schönsten bedichtete Hund der Literaturgeschichte sein.«
Gabrielle Alioth, Thunderhill, Ireland, 12. Juni 2014

DAS ALTE ELBDORF

Wie wird
es sein mit dem alten Dorf

als ich damals
den anderen Hund

hörte
in jenem Herbst

sicher war
dich bald wiederzusehen

das Dorf an der Elbe
wird alt sein wie eh

wie meine Erwartungen
ganz anders jetzt

Riesa, Di, 17.3.2015

AUFERSTEHUNG

Mein Herz spricht
nicht mehr

meine Lippen
sind geschlossen

und doch
läuft jetzt mein Hund

4000 Meilen von mir
durch seinen Garten

springt lustig am Zaun
ob ich bald komme

Berlin, Do, 8. Januar 2015

VERMUTLICH
EIN HUND

Wenn's
dann
soweit wäre
am Ende

wollte
meine Seele
immer
ein Vogel

sein

das wünschte
ich mir:
einzukehren
ins Singen

ich kannte
dich
noch nicht
einen Hund

ein Hündchen

zu sein wie
du
niemand ist
so stolz

so nah
den Menschen
wie meine Seele
es sein würde

in dieser
Wiedergeburt
würde ich dich
dann treffen

du bist natürlich
jetzt schon
klug immer
ein Hund zu sein

in allen Inkarnationen

Limburg, Di, 28. April 2015

DIE RUHE AUF DEM SANDE

Suki, mein Hündchen
du bist gefeiert
in Polen
als *Miss Amerika*

ein bisschen
lieber
wärst du mir
gleich hier

neben mir

Oder
wir ziehen zusammen
an die
Oder

lebten
bald
in Wroclaw wie Breslau
es gibt dort

eine Sandinsel

unsere Seelen
lägen
dann
weich später

umweht
von Gesängen
aus *Maria auf dem Sande*
nach unseren langen

endgültigen Spaziergängen

ansonsten
könnten wir in den Cafés
sitzen z. B. in der *Literatka*
bis wir mal tot sind

Zumindest
für kurze Zeit
dann tauschen wir
einfach unsere Seelen

und du
alt und wieder jung
führst mich aus
am Oder-Strand

zu den Gesängen
auf dem Sand

Pöhl, 31. August 2015

Dieses Gedicht bildet den Abschluss als Hommage an den polnischen Leser *in meinem von Ewa Szymani ins Polnische übersetzten und von Ewa Matkowska herausgegebenen Buch »Miss Suki oder Amerika ist nicht weit!« – »Miss Zuki czyli Ameryka jest całkiem blisko!«*
Das Vorwort schrieb Adam Zagajewski.

INDIANER ABENDS

Mein
Häuptling

schwarz-weiß
wie unsere Abende

mit deinen beiden
lang hängenden Ohren

stolz wedelnd
aufgerichtet

dein
weißer Schwanz

wir gingen
ums Viereck

vier Ecken
unser Glück

mehr hat auch
die Welt nicht

wir waren
ganz nah:

im Süden
der *Potomac*

im Norden
der *Susquehanna*

nicht weit

schlugen da nicht Hufe?

Zittau, Mi, 13. April 16

WAS UNS VERBINDET

Die einzige
Leine
die ich festhielt

die einzige
Liebe
die ich festhalte

du
mein
Hündchen

spürst sie allein

Bischofswerda, Mi, 7. 9. 2016

DER SCHNEE

Plötzlich
im Mai wird es dunkel

die Wiesen
heute früh waren weiß

der wievielte Schnee

der jetzt
am Abend schmolz

seit ich dich
nicht wiedersah

damals
im ersten deines Lebens

liefst du mit mir
hinaus

in Pennsylvania

unschuldig leicht
waren die grünen Wiesen

von Gettysburg

die soviel
unter sich tragen

waren wir

Wurzen, Di, 18. April 2017

MEHRERE AUFLAGEN

Drei Jahre
sah ich
nur Fotos von dir

Erinnerungen

schreibe
auf kleine Zettel
in Polen jetzt

ein anderes Tagebuch:

Deine Herrin
heiratete
aber du

schleichst mir

beim Erwachen
noch immer
um meinen Kopf

sagen die Bilder

im Computer
sagt mein Kopf
wenn ich erwache

am Brandywine river
waren wir
wie Lafayette

zufällig gestern

auch in Nysa (Neisse)
wo er im Knast war
unter den Österreichern

in den Sudeten

du schleichst
beim Erwachen
mir um den Kopf

das ist kein Zufall

du bist mit mir
mein polnisches Buch
die zweite Auflage

mit deinem Namen
im Titel hole ich
heute vom Verlag

einen Zufall

das mag sein
nennen es
andere

Wrocław, Mi-Fr, 21.-23. Juni 2017

BERICHT
ÜBER EINE KOLLEGIN

37 Jahre nach
ihrer politischen Inhaftierung
leiden heute noch

45% der Haftopfer
an einer *psychosomatischen*
Belastungsstörung (PTBS)

43% an *relevanter Ängstlichkeit*
40 % an Depressivität

Häftlinge die im Zeitraum
von 1949 – 1989 im Osten
Deutschlands inhaftiert waren

liefen fünfmal so oft Gefahr
lebenslang traumatisiert
zu werden wie ein Soldat

im 2.Weltkrieg der an
aktiven Kampfhandlungen
teilnahm

sagen die
wissenschaftlichen Studien

Deine Kollegin
von der ich dir berichten
will mein Hündchen *Suki*

ist groß und schwarz
ein Riesenscnauzer heißt
Guillietta von Ann-Chateau

eine Therapiehündin
in der Beratungsstelle
Gegenwind in Berlin

alle nennen sie *Jette*

Ein Mann hört
noch immer die Stimme
seines Vernehmers

die Tag und Nacht
zu ihm spricht verfolgt
ihn nach Jahren quält

Die Stimme sagt:
Spuck dem in die Fresse
Hau dem ans Bein
Alle Menschen sind Arschlöcher

Jette legt sich auf ihn
er streichelt sie lange

nach vielen Sitzungen
kann

sie

sich

allmählich

dazwischen

schieben

zwischen die Stimme
des Verfolgers
des mächtigen Quälers

und diesem Mann

der vor vielen Jahren
in Haft war
er wartet täglich auf

Jette
hört niemals mehr
die andere Stimme

Irgendetwas musst auch du
mir gerettet haben

Mi, Berlin, 26. April 2017

ERIC BURDON IN JENA – EINE WOHNGEMEINSCHAFT

für Ewa Szymani

»Gefährlich ist's mein Hündchen Suki zu necken!«
(der Autor selbst)

Als in Jena
die Brüder Schlegel

Caroline ging
bald fremd
ganz unromantisch …

Schillers *Glocke*
zum ersten Mal lasen

sollen sie
vor Lachen
von den Stühlen
gefallen
sein

(berichtet natürlich Caroline …)

wahrscheinlich
warst auch du dabei
mit mir

im Radio lief
vermutlich Eric Burdons
Paint it Black

Novalis war
mit Ewa zu Besuch
mit meinem Hündchen *Suki*

wo blieb eigentlich
dieser Schleiermacher
an diesem Abend?

Verweigerung des Transfers *?
Oder nur katholisch?

Die Brüder aber liegen
ganz unpoetisch
noch immer

am Boden
und uns gehört die Romantik

Eibenstock/Erzgebirge, Di. 5. September 2017

---

* *Verweigerung des Transfers?* – Untertitel eines Buches von Ewa Szymani über das Verhältnis von deutscher und polnischer Romantik. Sie übersetzte auch Hölderlin, Novalis' *Heinrich von Ofterdingen* und diesen komischen Polen Rachowski ins Polnische …

ROMANTISCHER EINSCHUB

Novalis
kam
von Weißenfels
herunter
überwiegend Bergbau
direkt
von Sophies Grab
du lagst geborgen
auf Schlegels
Rokoko-Chaiselongue
Das früheste Dokument
des deutschen Idealismus
war schon geschrieben
später am Abend
saßst du still
auf Hölderlins Schoß
denn du bist
Amerikaner ein echter
Cavalier

Du
warst
dazwischen
gekommen
wie die Romantiker
den deutschen Philistern
gingst noch
in der gleichen
hymnischen Nacht
auf die Suche
nach dieser erstaunlichen

Blume

von der Hardenberg
abends so lange
gesprochen hatte
seine Suche blieb Fragment

früher Tod
des
Heinrich von Ofterdingen

Aber wir
trafen uns wieder
am Brandywine River
in Chadds Ford/Pennsylvania
beide mit lockerer Leine

Die Jenaer sprangen ab
August Wilhelm Schlegel
auf den Schoß von Madame de Stäel
Friedrich ging lieber gleich in die Kirche
Lenau aber im Hundeschlitten
jagte durch Ohio auf der Suche
nach *seinem* Land
du liefst ihm nach
im knietiefen Schnee
ihn zu warnen vor dem
Irrlicht *Freiheit*, wieder eine Sophie …
In Esslingen besuchten wir ihn
er war schon todkrank von Suche

Novalis:
der Himmel war umzogen
umgezogen …

von Metternich nach Mielke

Wenig später
kam Wolf Biermann
in Jena vorbei zu Jürgen Fuchs
in die Lutherstraße Nr. 25
zu Bernd Markowsky
auch zu den anderen
Von-Damals-Helden
die gut überlebten
nur *Jonny der Trinker*
fragt noch:

Wo gehen wir hin?
Den Zaunkönig jagen?
Novalis beruhigt ihn:
immer nach Hause …

Du trägst die Blume im Maul
vielleicht bis zu mir …

In der Lutherstraße
lagst du sehr gemütlich
aber das Ding hieß
jetzt einfach nur noch *Sofa*
Wolf sang:
Ich bring noch
das Salz
oder … *da sterben*
noch und noch die allzu
frühen Blumen …

Wir waren dabei
sahen uns wieder
im Gefängnis
aber du entkamst
warst
bald in Ohio *on tour*
mit Lenau stecktest
Land ab
seine Irrtümer zu begrenzen
Aar um Aar Millionen freier
Blauer Blumen sollten …
Dort traf ich dich wieder
war schon alt Wolf sang:
Die Zeit der Kirschen du weißt
denn zu anderen Lieben als
zu deiner singe ich nie
lange nicht mehr

Alle
Von-Damals-Helden
Jenenser

die ums Sofa saßen
um dich
bevor du
nach der blauen Blume gingst
Lutherstraße Nr. 25
betreiben heute
Gedenkstätten
einer nahm
gleich alle Akten mit
nach Berlin
ergraute bald
vom alten Grauen …

Auf dem Toilettenpapier
auf dem ich hier schreibe
steht: »Du willst ins Fernsehen?
Wir machen's möglich!«

Mit dir den Schlegels
auch der Dresdner Tieck
darf rein dort Novalis Holder
dürfen rein … aber ich nicht
ein wenig alt nicht fotogen
aber du mit *Boni* ein echter
Cavalier King Charles
ein *Benheim* (weiß-hellbraun)
aus Warschau
der Schwester von Ewa die
all das übersetzt ins Polnische

Deiner schönen langen Ohren
wegen und überhaupt. Du.

Annaberg-Buchholz/Erzgebirge, Do, 14. September 2107

FAIR VIEW

Wenn Gettysburg
dann fern ist
Nairobi Malaga Dakar

vergiss auch Dresden nicht

am Teich beim Reservoir
im Central Park schläft
müde noch vom Spiel

mein Hund

als wär's mein Alter nun
die ganze Welt vier Jahre alt
doch wie mit Vier

erwartungsvoll:

Wo ist der Ball
der nie den Grund erreicht?

Der Mond nimmt jetzt
erstaunlich zu

Torgau, Di, 30. Sept. 2014

Glossen 25

Die Erfahrungen des Schriftstellers Utz Rachowski in drei deutschen Staaten

Walter Schmitz

... nie sind andere Wahrheiten zu finden / als die veränderlichen Wahrheiten der eigenen / Erfahrungen.

Peter Weiss, Die Verfolgung und Ermordung Jean Paul Marats
dargestellt durch die
Schauspieltruppe des Hospizes zu Charenton
unter Anleitung des Herrn de Sade
1964

Ich möchte Utz Rachowski einen Erfahrungsschriftsteller nennen. »Schließlich kann keine Literatur mit ihrem Zynismus das wirkliche Leben übertrumpfen«, heißt es einmal bei Anton Tschechow in einer Passage, die Utz Rachowski seinem Band *Erinnerungen an eine Jugend.* Essays / Akten / Tagebuch (1995) als Motto vorangestellt hat. Auf der Dreiheit von essayistischer Reflexion, aktenmäßiger Dokumentation und subjektivem Tagebuchnotat, wie sie der Untertitel jenes Bandes benennt, baut Rachowskis Erzählen auf. Nicht das ›innere Erlebnis‹, ebenso wenig die scheinbare Verlässlichkeit des bloßen Dokuments verbürgen die Authentizität seines Schreibens, sondern die ›Erfahrung‹, die politisch-gesellschaftliche Umwelt im Spiegel des Ich. Sensibilität der Wahrnehmung und Genauigkeit der Beschreibung müssen für einen Schriftsteller wie Utz Rachowski übereinkommen; die ›Erfahrung‹ ist nur mitteilenswert, wenn einerseits ihr Anlass in der Welt genau wahrgenommen – und das heißt auch: begriffen – wurde, wenn aber andererseits das schreibende Ich überhaupt zur überraschten oder bestürzten Wahrnehmung dessen fähig ist, was sonst in der Verdrängungsroutine des Alltags als ›normal‹ gilt. Hans Sahl hat deshalb dem Erzähler Utz Rachowski eben den »Mut zu jener vielsagenden Einfachheit, die man Dichtung nennt«, zugeschrieben.[1]

Damit rückt Rachowski – und auch dies hätte der Exilant Hans Sahl aus eigener Erfahrung kommentieren können – an den Rand eines Literaturbetriebes, der sich für den zentralen Ort von Literatur hält, während diese zur Nebensache wird. In einer ›postmodernen‹ Literatur, der die Welt eine Konstruktion bedeutet, der man genießend oder ironisch beikomme, in einer Professionalisierung, die den Betrieb in Gang halten muss, ist der Lebenstakt der Erfahrung schwerlich einzubringen. Utz Rachowski findet sich unter jenen Opfern des DDR-Regimes, deren Erfahrung offenkundig nicht auf die Tagesordnung gehört. Es gibt die pathetischen Opfer, die in der Geschichte deutscher Literatur seit der Literaturrevolte der ›Moderne‹ eine alternative Tradition bilden, und es gibt die Opfer, die man vergisst. Utz Rachowski nimmt – aus eigener Erfahrung – diese Genealogie aufmerksam wahr: Neben Georg Büchner, der Ikone literarischer Revolutionsmärtyrer, steht für ihn deshalb der junge Minnigerode.

Rachowski schätzt Georg Büchner, geschrieben hat er nicht über den revolutionären Schriftsteller und auch nicht über dessen ›Kunstfigur‹ Georg Woyzeck, sondern geschrieben hat er über jenen ›Christian Woyzeck, der der Sündhaftigkeit seiner Marie mit dem Messer beizukommen versuchte‹[2] und im Jahre 1824 hingerichtet wurde, – und zwar, wie Wolf Biermann meint, einen seiner besten Texte.[3] Dieser Text ist ›ein innerer Monolog des armen Mörders, auf dem Weg zum Blutgerüst auf dem Naschmarkt‹, ein nüchterner Text, frei von wohlfeilem Moralisieren, aber ein Text, der das Opfer selbst zu Wort kommen läßt.[4] Geschrieben hat Rachowski über die ›Namenlosen‹, die in der Tradition der Sieger vergessen werden: »ich weiß die Namen«, versichert der Erzähler.[5]

Von Karl Ludwig Minnigerode ist kaum einmal die Rede gewesen in der Geschichte der Deutschen. Utz Rachowski hat ihm einen Essay gewidmet, der den Titel trägt: ›Red' mir nicht von Minnigerode‹.[6] Georg Büchner soll ja, als er auf dem Totenbett lag, wohl in seinen Fieberträumen immer wieder den Namen dieses Schulfreundes gerufen haben, jenes jungen Mannes, der aus dem Kreis der Giessener und Butzbacher Verschwörer als einziger verhaftet, ins Gefängnis geworfen wurde und trotz des Einflusses seiner Familie – der Vater war Gerichtspräsident am Hof zu Darmstadt – die Haft nicht überlebte. Am 1. August 1834 festgenommen, starb Minnigerode im Gefängnis. Der Freund Georg Büchner ging ins Exil, fand literarische Förderung, verlobte sich in Straßburg, wurde Privatdozent in Zürich, starb ebenfalls früh. Zu seinen Lebzeiten erschien die Revolutionstragödie *Dantons Tod* in einer von Karl Gutzkow vorsorglich bearbeiteten Fassung. Zu den Siegern der Geschichte zählte auch Büchner nicht, doch die Erinnerung hat, was ihn angeht, die Maßverhältnisse revidiert. Schon Ende des 19. Jahrhunderts änderte sich der Kanon – nicht mehr die repräsentativen Klassiker der Nation, sondern die anderen, die Verfolgten, die Kranken, die Genialen, denen wenig Verständnis und kaum Förderung, kein Ruhm zu Lebzeiten zuteil wurde, sie korrigierten, für eine Weile, das Bild der Deutschen von sich selbst: Büchner, Hölderlin, Kleist oder auch – als einzige Frau – Bettine von Arnim gelangten in dieses alternative Pantheon. Von Minnigerode war weiter nicht die Rede. Er gehörte auch im Kampf um die Erinnerung nicht zu den Siegern. Warum auch? Ein Werk hat er nicht hinterlassen, viele sind jung gestorben, auch die Kämpfer müssen Erfolge vorweisen, wenn sie für die Nachkommenden interessant bleiben wollen, zumindest ihr Scheitern muss großartig sein. »Red' mir nicht von Minnigerode«. Die Erfahrung des kurzen Lebens dieses jungen Mannes war mehr als bitter. Er hatte sich aufgelehnt und dafür mit dem Tode bezahlt.

Minnigerodes fast unbemerktem Tod entsprach die Löschung des Gedenkens an ihn, die Verfolgung noch über den Tod hinaus. Diese Techniken haben die Machthaber seither perfektioniert: »Ungehört, ohne Geräusch, lautlos beinahe, kommen die neuen Urteile daher. Von niemandem wahrgenommen als von den Verfolgten selbst. Diese gibt es.«[7] In der Diktatur wird geleugnet und vertuscht, was geschieht. Und nach der Diktatur zeigt sich, dass ihre Strategien extrem waren, aber nicht völlig einmalig; die Machttechniken wandeln sich, doch die Opfer bleiben dieselben. Und wer von der Realität der Verfolgung Zeugnis gibt, stört das gute Gewissen der Unbetroffenen: »Jene aber fehlen. Jene aber, gelangweilt von diesen, den alten Namen der Verfolgten und den neuen, bist du, der schon alles weiß, klug genug, wie du es sagst, her von früher. Red' mir nicht von Minnigerode und diesen anderen, deren Namen keiner kennt. Was mit Büchner war, hatten wir hier vor der Haustür.«[8] Die ›Erfahrung‹ des Unrechts überbrückt die Zeiten.

Ich möchte Utz Rachowski in diesem Sinn einen Erfahrungsschriftsteller nennen, ihn damit in die literarische Konstellation fast eineinhalb Jahrhunderte nach Minnigerode stellen, in das Jahrhundert der Diktaturen, das die Zahl der vergessenen Opfer fast unzählbar gemacht hat, und zudem noch in die literarische Konstellation von West- und Ostdeutschland.

Im Jahr 1965 wurde eine Maxime aus einem eben erschienenen Roman – *Mein Name sei Gantenbein* von Max Frisch – schnell zum geflügelten Wort: »Ein Mann hat eine Erfahrung gemacht, jetzt sucht er die Geschichte dazu.« Seit Längerem war das Identitätsproblem in der nachgeholten Moderne der westlichen deutschsprachigen Länder zum ›Markenzeichen‹ einer anspruchsvollen Literatur avanciert.[9] Die Pluralisierung von Lebensläufen, die Verwandlung des Individuum in ein ›Multividuum‹, wie sie Martin Walser konstatiert hatte, dies alles initiierte eine literarische Suche nach dem archimedischen Punkt in der Existenz des Menschen selbst. Vielleicht war deren Wahrheit nicht mehr sagbar, aber sie konnte sich zumindest in der Vielfalt möglicher Geschichten als verlässliches Muster ausprägen. In solchem ›Spiel‹ des Geschichten-Erfindens bildet sich das Muster einer Existenz ab. Die Geschichte nahm freilich ungerührt von diesen Suchbewegungen ihren eigenen Gang. Die so genannte 1968er-Generation versuchte in Protest, Provokation, innergesellschaftlicher Aggression und entschieden linker Politisierung, Geschichte und Geschichten der Einzelnen wieder zusammenzuzwingen, kam jedoch nach wenigen Jahren des revolutionären Optimismus wieder bei der Sorge um das eigene Ich an. Dass sich im Osten Deutschlands, der damaligen DDR, eine strikt antithetische ›Erfahrung‹ entwickeln könnte, war dabei im Westen den Wenigsten bewusst. Man kannte die literarischen Zeugnisse einer identitätszweifelnden DDR-Literatur. Was aber die Aneignung dieser gesamtdeutschen Thematik von Identität und Identitätsspaltung etwa bei Christa Wolf eben doch dem Vorbild des aus der DDR nach West-Berlin ›umgezogenen‹ Uwe Johnsons schuldete und damit einer Erfahrung des Exils –, dies blieb gleichfalls undiskutiert. Für Uwe Johnson wird mit der Okkupation der Tschechoslowakei und der gewaltsamen Beendigung des ›Prager Frühlings‹ 1968 der Sozialismus endgültig zu einem utopischen Projekt, eine Hoffnung, noch lange keine Wirklichkeit. Utz Rachowski aber, damals ein Schüler im Vogtland, hatte schon jenen Aufbruch 1968 ganz anders erfahren. Der in der Tschechoslowakei erhobene Anspruch des Volkes auf Freiheit wurde in der Geschichte erst gar nicht zugelassen. Panzer unterdrückten ihn; ›500 000 ausländische Soldaten‹ überschritten ›die tschechoslowakische Grenze.‹[10]

Rachowski wuchs in einem Staat auf, der die Erkenntnisse über den Sinn der Geschichte beanspruchte und die Verfügungsmacht über den Gang der Geschichte auch gewaltsam durchsetzte. Die Geschichten, die der Einzelne erleben konnte, wurden von der Kollektivgeschichte überschrieben. »Geschichten vergehen zu Nichts / während gnadenlos Geschichte passiert«.[11] So wird der Staat DDR zur Instanz der Lüge und der Sprachverwirrung, wird – wie es schon seit den fünfziger Jahren eine Kennmetapher festhält – zum ›Turm zu Babel‹.[12] Damit wird die Literatur im Kern, in der Sprache selbst, gefährdet; hier gilt es, die Wahrheit des Wirklichen schreibend zu bewahren; Literatur wird Zeugenschaft. Und das ist die Erfahrung, die Utz Rachowskis Leben und Schreiben geprägt hat: »Das lässt sich nicht erfinden«,[13] muss aber beschrieben werden. »Was die Exilierten der Geschichte entgegenzustellen haben«, – so nochmals Hans Sahl – »sind ihre Geschichten, ihr Schreiben.«[14] Die Autobiographie legitimiert jedes Erzählen bei einem Autor, der Zeugnis ablegen will.[15] Und wenn das ›Spiel‹ der westlichen Literatur noch nach einer Verbindung mit der Wirklichkeit sucht, so ist die Erfahrung der Dissidenten im Osten Europas unabweisbar wirklich: »Es war kein Spiel«.[16] »Seht euch die Erfahrungen der Dissidenten an«, mahnt Rachowskis Freund Jürgen Fuchs die BRD-Öffentlichkeit, »die sind wichtig, weil sie das Unmenschliche des dortigen Systems zeigen, wovon wir immer geredet haben, die meisten Linken wollten aber davon nichts hören. Jetzt gibt es Schriftsteller, die mit ihrer Biografie und ihren Büchern nachweisen, was vielen angetan wird mit Mauer und Diktatur.«[17]

Die Stationen seiner Erfahrung hat Rachowski in dem Essay *Mein Gefängnis* knapp skizziert.[18] Aus dieser Erfahrung ergaben sich andere Geschichten: »Und warum werden, erzählt man eine Geschichte, immer so viele daraus?«[19] Es sind diese besonderen Geschichten, denen der Schriftsteller Utz Rachowski verpflichtet bleibt. Er spricht, wie es in einer der raren verständnisvollen Kritiken heißt, von ›den Geschichten betroffener Menschen, die ja die Geschichte selbst ausmachen‹.[20] Es sind Geschichten von Minnigerode und seinen Nachfahren, und sie lassen sich mit dem Stand der literarischen Kunst und ihrer Instanzen nicht ohne Weiteres verrechnen. So bleibt Rachowski ein wenig bekannter Autor, nicht gerade ein ›Minnigerode der Literaturgeschichte‹, aber einer, dem, wie ihm 1992 der damalige Feuilleton-Chef der *Frankfurter Allgemeinen Zeitung* Frank Schirrmacher erklärte, eigentlich ›nicht zu helfen‹ ist.[21]

1. Kindheitstraum

Vielleicht ist die ›Kindheit‹ ›die zentrale Metapher in Rachowskis Texten‹[22] Gespalten jedoch ist das sonst mit der ›Kindheit‹ des Menschen verbundene, in der deutschen Kultur so hochgehaltene Konzept ›Heimat‹ unter dem Druck und Anspruch der ›sozialistischen Heimat‹ DDR.[23] Selbst im Vogtland, wo der Junge aufwächst – scheinbar fernab von den Zentren der Macht –, begrenzt der Staat den Zeit-Raum ›Kindheit‹, lässt nur noch einen immer mehr schrumpfenden Rückzugsraum zur Entfaltung des Kindseins und setzt schließlich eingreifend der Kindheit ein abruptes Ende. *Der letzte Tag der Kindheit* markiert den Einbruch der Geschichte in diesen Kindheitstraum.[24] »Da unten im Vogtland, nahe der Grenze zur Tschechoslowakei, wurden ja die Truppen der Nationalen Volksarmee schon vorher wochenlang in den Wäldern zusammengezogen. Dort warteten sie auf den Marschbefehl, um 1968 gemeinsam mit den Warschauer-Pakt-Brüdern den Prager Frühling niederzuschlagen.«[25] Als die Panzer durch den kleinen Ort im Vogtland rollen, als der ältere Bruder verzweifelt versucht, die Okkupationsarmee aufzuhalten, da wird dem kindlichen Erzähler schockartig deutlich, dass eine menschliche Geschichte in Mitteleuropa noch weiter unmöglich bleibt. Spuren einer Subversion und Zerstörung von ›Kindheit‹ durch Staatsgewalt sind in vielen Erzählungen Rachowskis nachgezeichnet.

Umgrenzt und unterwandert wird die authentische Erfahrungs- und Lebenswelt von der Lüge. Die Erzählung *Brotnacht* ist unter ein Motto von Wolf Biermann gestellt: »Sie stopfen der Wahrheit das Maul mit Brot / Und was wird bleiben vom Brot? / Dass es gegessen wurde.«[26] »So ist das immer«, folgert zuletzt die Großmutter dem Kind »prüfe die Nachricht, ehe du sie frisst, das musst du dir merken.«[27] Denn sie »misstraut den Nachrichten ein Leben lang, den guten, den bösen. Die Nachrichten beginnen, sich zu verwirren, je älter sie wird, und die wahren, die erfundenen quälen sie.« ›Eine seltsame Sage‹[28] bildet das Zentrum eines Textes, der von Metaphern gegliedert, schließlich die Prägnanz der Exempelerzählung erhält – abermals die Worte der Großmutter: »Ja, wir haben alle viel zu lange das Brot des Bösen gegessen. Als hätten wir nicht gewusst, was davon bleiben wird.«[29] Im ›Kindheitsmodell‹ formuliert Utz Rachowski – ohne programmatische Markierung, ›einfach‹ erzählend – zwei der grundlegenden Parameter seiner Poetologie, die unverfälschte Erfahrung und das verlässliche Zeugnis. Denn das Kind bekräftigt die Erfahrung: »Ich habe alles gesehen und gehört.«[30]

Beide Male ragt gleichsam die Großmutter aus einer anderen Zeit als Figur des menschlichen Maßstabs und der Wahrheit in die sich korrumpierende Gegenwart. Die Herkunft gibt einen Rückhalt gegenüber der von den Mächtigen geplanten Zukunft. – Zur Herkunft gehören für Utz Rachowski vor allem die polnischen Vorfahren. Die zweite Hälfte des Gedichtes *Über das slawische Herz*[31] lautet:

Das slawische Herz ist die Träne im Lachen
des Menschen,
mit der er Abschied vom Lachen nimmt, bis
zum letzten
Abschied.
Das slawische Herz ist der Tropfen

Wermuth in der Quelle
der Liebe, die Schramme am blinkenden
Schwert des Todes,
der Rotdorn im Auge der Feigheit, der Rost
an den Stützen
der Welt.

Das slawische Herz liegt zu Füßen der
Schönheit und sitzt
der Macht im Nacken.

Das slawische Herz erhältst du, wenn du dir
zuerst an die
Brust schlägst und dann an die Stirn.

Dann liegt es in deiner Hand, das slawische
Herz zu finden.

Wolf Biermann schreibt sogar Rachowskis ›Erzählen‹ »östliche Tugenden« zu, »die es im Westen genauso gibt, aber vielleicht seltener: altmodische Leidenschaft, moralischer Ernst, melancholischer Humor.«[32] In der Identifikation mit seiner polnischen Herkunft bekennt sich Rachowski jedoch stets auch zur Erbschaft des Widerstands – und der Dichtung als Widerstand. Polen, das ›Land der Poesie‹,[33] hat unter kommunistischer Herrschaft eine Kultur des Mutes hervorgebracht: »Polen wurde für mich zu einer Offenbarung, die Jazzkeller, die Theater, die Zirkel der Intellektuellen.«[34] So liest Rachowski nach einer Polen-Reise im RIAS die Gedichte des Tomasz Iastrun: »Auf Deutsch, mit meiner Stimme, las an gegen die aus Lügen, gutbezahlte, die sich Stimme der DDR nannte. Wenn wieder ein Sender Gleiwitz als überfallen gemeldet worden wäre, wollte ich meine Arbeit getan haben. Ich habe einen polnischen Nachnamen und wusste, dass auch die Lehrerinnen und Redakteure in der DDR ihre Arbeit tun würden. Ich verzeihe ihnen nicht.«[35]

2. Genealogie / Spurensuche

In der Erzählung *Väter und Söhne*, Rachowskis »erste Veröffentlichung im Westen überhaupt«, deren »Titel nicht nur zufällig mit Arbeiten von Hemingway und Turgenjew« korrespondierte, kommt die ›Verteidigung der Kindheit‹ in der Geschichte zum Austrag: »Das Verhältnis zwischen den Generationen unter den Bedingungen von Diktatur, das war also angesprochen.«[36] Die Autoren, die aus der ›in die DDR hineingeborenen‹ Generation stammen, fragen in ihrer Familiengeschichte zugleich nach der – offiziell geleugneten – Genealogie der ›zwei ineinander übergegangenen deutschen Diktaturen‹.[37]

In der genealogischen Erzählung verbirgt sich ein poetologisches Bekenntnis. Es geht zunächst auch um den richtigen und falschen Umgang mit Büchern. Das Leben des Vaters freilich ist hinter Büchern gut verborgen. Sie bilden eine kompakte Wand. Erst wenn man hinter sie zu dringen vermochte, fand man ein Buch, das viel preisgab, man fand die Bibel des Vaters mit seinen Anstreichungen. Diese Anstreichungen funktionieren das Buch um. Es sind die Anstreichungen eines Antisemiten. Aber der Missbrauch widerlegt nicht das Buch. Für den wahren Text der Bibel vielmehr wird in der deutschen Geistesgeschichte gekämpft, seit es Protestanten gibt. Der geschriebene Text muss lebendig werden im Akt des Protestierens. Protestieren bedeutet, die tote Schrift in lebendige Wirklichkeit zu übersetzen. Zuerst war es Luther, der sich bei seiner Übersetzung in dieser mitteldeutschen Geschichtslandschaft gegen den Teufel selbst zu wehren hatte: »Vielleicht gibt es auf der Welt gar nicht so viele Tintenfässer wie unbedingt nötig, um sie allen Teufeln an den Kopf zu werfen, die einem an den Hals wollen. Ein paar Gläser habe ich, Ökonomie der Seele und des eigenen Halses, gutverteilt auf Papier ausgeschüttet. Das Beispiel steckt an.«[38] Die Chance, eine andere Stimme aus der Bibel zu hören, hat der Vater ausgeschlagen, seine Lektüre bricht ab. Er ›zieht mit zwanzig als SS-Anwärter und Schütze in den Krieg gegen Polen, sein Geburtsland, aus dem sein Vater zehn Jahre vorher geflohen war, um nicht Soldat werden zu müssen‹. Er nimmt nicht zur Kenntnis, was Tadeusz Borowski, der Auschwitzhäftling, der dann 1951 Selbstmord begeht, zu bezeugen hatte, den Mord und das Verbrechen. Er kommt in ein anderes Lager und dieses Lager empfindet er als Soldat, der seine Pflicht getan hat, als Ungerechtigkeit. Er entflieht der Kriegsgefangenschaft, nicht ohne einen weiteren Text zu produzieren, den Abschiedsbrief an seinen Oberst, der ihn nicht der Fahnenflucht verdächtigen soll. Er sei vielmehr gezwungen gewesen, in der ›Unnormalität‹, welche ihm die Sieger aufzwängen, nun doch vor allem ›das Schicksal meiner Frau nun wieder selbst in die Hand zu nehmen‹. Schließlich habe er nur, so wie es auch die Besatzungsarmee beanspruche, auf Befehl eines Höheren gehandelt. Die Sprache der Unbelehrbarkeit ist fixiert. Der Vater wird nie mehr anderes hören. »Die wenigen Zeugen unter den Überlebenden, jene, denen noch etwas an Sprache, etwas von der Möglichkeit zu sprechen, angesichts des Geschauten geblieben ist, finden keinen Glauben, werden einige Jahrzehnte nicht gehört.«[39] Die Täter integrieren sich, im Westen wie im Osten, wenn auch trotz aller Mühe nicht vollständig. Zu Hause leben sie das, was in der Öffentlichkeit nicht verarbeitet wird. Und so wurden die meisten ›stille Büroangestellte, aber scharfe Aufseher über ihre Familien‹.[40] Der Vater bleibt ›ein jähzorniger, kaum berechenbarer Tyrann‹, Rächer historischen Unrechts, das er sich angetan wähnt. Dies war die verdeckte, in der DDR nicht angenommene Schuld. Sie kommt nach dem Zusammenbruch der DDR wieder auf die Agenda, um neu verdrängt zu werden: »Und dieses falsche und immer feige taktierende Väterchen will nun zu Gericht sitzen über die neue, die dritte Schuld der östlichen Diktatur.« Beendet wird der Text am 15. 4. 1992. Ob es zu einer vierten Schuld einer Verdrängung kommen wird, steht damals noch aus. Es gibt Indizien. Als Postskriptum wird ein Brief mitgeteilt, der an den Freund des Autors, an Hannes Stein gerichtet ist, einen Juden, der heute in Hamburg lebt, 27 Jahre alt ist und der in der *FAZ* einen Artikel mit dem Titel *Fun di ghettos un lagern* veröffentlicht hatte – gegen die Sprache der Unbelehrbarkeit, die nicht verstummt ist.

3. Menschengemeinschaft / Freundschaft, Liebe – und Verrat

In der Abkehr vom Vater, in der Erfahrung einer Kindheit in der Obhut der ›Mütter‹ ist – im Erzählwerk Rachowskis – der Appell an ein selbstverantwortliches Leben geborgen, das sich nun jenseits der Kindheit behaupten muss. Denn das Aufwachsen in der Obhut der Elterngeneration, die Weitergabe von Lebenserfahrung, Schutz und Liebe zu Hause, Freundschaft – das sind die Werte, die ihren anscheinend nur privaten Charakter alsbald verlieren, wenn sie im Alltag des Staatslebens ungültig werden, wenn zu den üblichen Misslichkeiten in der ›Prosa der Verhältnisse‹ noch wechselseitiger Argwohn, Bespitzelung, Unterdrückung kommen.

Das Idyll der Kindheit ist eine Utopie, in der Gemeinschaft der Menschen und Kommunikation zwischen den Menschen in eins fallen. Treuebruch und Lüge sind die entsprechenden Facetten des Verrats an der Utopie. Und wiederum beginnt der Verrat früh. Rachowski hat dazu abermals eine Schlüsselerzählung einer Erfahrungsfacette vorgelegt – die Geschichte eines Musterschülers mit der einen der beiden polaren, für Rachowskis Modell von Freundschaft gültigen Konstellationen: das Erzähler-Ich, konfrontiert mit den Unangepassten, den anderen. In dieser Erzählung *Auf Verlangen vorzeigen!* erweist sich der Erzähler als ein künftig Angepasster. Er will nicht die Treue zum Freund, sondern die Willfährigkeit gegenüber den gesellschaftlichen Regeln und Zumutungen bewahren. »Ich würde bei denen bleiben, die immer die guten Zeugnisse haben, bei den anderen, das wusste ich jetzt, immer bei den Falschen. Niemals würde ich so glücklich, so voller Glück sein, es nie im Leben so können, wie mein Freund Mulei an diesem Nachmittag.«[41] Und hier interferieren Biographie und literarische Reflexion Rachowskis in der Bestätigung des Wertes: die Freundschaft als erfahrene Solidarität für ein Leben in Wahrheit. Statt sich um gute Zeugnisse und das Wohlgefallen der Mächtigen zu sorgen, gilt es, Zeugnis ablegen für die Wahrheit – zuerst für die wahre Freundschaft: »Alle waren wir Freunde«.[42]

Im Freundeskreis entsteht die Liebe, die Gemeinschaft zweier Menschen in Wahrheit und Wirklichkeit. Sie überwindet die Geschichte und deren Zerstörungswerk, sie verwandelt den Menschen und die Tristesse eines versehrten Landes. Für gewöhnlich ›vollzieht sich unter dem Gesetz der Zeit, das über allem steht, die Monochromie des menschlichen Lebens‹;[43] ›vielfarbig bunt‹ ist allein die Liebe – ›und überall gleich, nicht einmal der Regenbogen genügt den Menschen dieser einzelfarbigen Städte, wenn sie lieben.‹[44] Doch oft genug wird die Wahrheit erst kenntlich, wenn sie verraten wird.

Die erste verstörende Erfahrung dabei ist die des Außenseiters, desjenigen, der zu einer Gemeinschaft nicht gehört – und sie damit als Kollektiv des Falschen kenntlich macht. *Die Tauben in Weimar* heißt ein Gedicht von Utz Rachowski:[45]

DIE TAUBEN VON WEIMAR

Hier liefen
sie
um die Brunnen
und fraßen
Bockwurstreste

Hier lief
ich
davon mit
siebzehn
riß ab
von den Wegen

der Gemeinschaft
setzte mich
ins Straßencafé
und trank
den Becher
nicht leer

Sie liefen
vorbei
Goethe Schiller
Mittagessen
der Deutschlehrer
wies mit
dem Finger:
Hier seht ihr
unseren
Dichter
Die Schüler lachten

Ich blieb
sitzen
für immer

Die organisierte Erbepflege verhindert gleichsam das Erbe der Zukunft; Ulrich Plenzdorf hat diese, in der DDR mit ihrem staatsautoritären Kulturbegriff besonders schneidende Erfahrung ja bereits in der Konfiguration seiner *Neuen Leiden des jungen W.* angedeutet, wenn er den Part des philiströsen Ehemannes mit einem NVA-tüchtigen Germanisten besetzt.

›Sie liefen / vorbei / Goethe Schiller‹ – beziehungsreich reserviert Rachowski die eine Zeile, ehe er auf die Weimarer Dioskuren und Dichterheroen zu sprechen kommt, für das eine Wort: ›vorbei‹. Der ›Deutschlehrer‹ dann stellt den heutigen ›Dichter‹ gleichsam an den Pranger und macht ihn angesichts der großen deutschen Dichter zum Gespött. So bleibt der künftige Dichter im doppelten Sinne ›sitzen‹. In diesem Bildungssystem wird er niemals vorrücken können. Zugleich wird er mit dem konfrontiert, was es zu überwinden gilt, mit einer hinterhältigen, keineswegs einfachen, sondern boshaft beziehungsreichen Sprache. Indem er sie aber in ihrem Doppelsinn in seinen Versen noch überbietet, vermag er sie in einer neuen Dimension gleichsam aufzuheben:

Denn sein ›Sitzenbleiben‹ ist – anders, als die lachenden Mitschüler und der höhnische Deutschlehrer es jeweils meinen – zugleich auch ein Akt der Widersetzlichkeit – ›für immer‹. Der Dichter ist der ruhende Pol gegenüber den Akteuren einer falschen Geschichte, die vorbei laufen und vergehen werde.

Das kurze, eindringliche Gedicht *Chinesischer Türhütergott* geht von dieser Erfahrung radikaler Belanglosigkeit aus, mündet aber in eine ebenso konsequente wie überraschende Inversion:[46]

Schlagt an den Pfosten
ihn ruhig.

Es ist ohnehin nur Schein.

Denn Gott behütet
die Dichter nicht

und vor ihnen
schützt auch

kein Gott.

Während Rachowski sonst die ›großen‹ Worte scheut, klingt hier Hölderlin an, ist vom ›Dichterberuf‹ die Rede; der ›Außenseiter‹, wenn er denn völlig ausgegrenzt ist, steht allem gegenüber, dementiert die Totalität des Totalitarismus, verkörpert allein die Alternative, die alles infrage stellt. Auf die traditionelle Gottähnlichkeit des Dichters wird Verzicht geleistet, doch damit wird zugleich die Sprache jenes Gottes, der keiner ist, des Götzen der politischen Religion, negiert. Der Dichter legt Zeugnis ab. Die Worte des Dichters bezeugen die Wahrheit und damit in eines legt das Gedicht die Lüge in gleichlautenden Worten offen. Der Dichter ist der Mensch, der der Verführung zum Verrat widersteht. Deshalb gilt auch von der Poesie, dass sie ›die Liebe bewahrt‹,[47] und deshalb ist die Poesie ›nicht verloren – solange wir leben!‹[48] So beruft sich Rachowskis Gedicht auf das ›slawische Herz‹, gleichsam – wie das ›Herz‹ der Dichter seit je – das Lebensprinzip der Poesie und der Liebe. Die historisch politische Konnotation der Metapher aber ist ihm allein zu eigen.

Daher löst die Freundschaft der Jungen in der DDR gleichsam diesen Appell des ›slawischen Herzens‹ ein: ›Der Freund‹, so ist ein Abschnitt der *Erinnerungen an eine Jugend* überschrieben. Und dieser autobiographische Text führt in den jugendlichen Freundeskreis von Heranwachsenden, der jungen Leute in Reichenbach und Greiz. Sie nehmen die phrasenhaft gewordenen Vokabeln des Fortschritts ›einfach‹ ernst: [49]

DAS WORT REVOLUTION

Das haben
wir uns zugerufen
bis zum
Ausschankschluß der Mitropa.
Und die Hälse
verrenkt nach Leben.
Das haben
sie uns vorgelogen
jeden Tag.
Wir haben die Ohren
geschlossen und
vergessen schnell.

Aber nie
unsere Scham
vor dem Wort

Revolution.

Bei Reiner Kunze können die Jüngeren – ›Jürgen Fuchs, Arnold Vaatz, Utz Rachowski‹[50] – erfahren, was es im Staat DDR bedeuten mag, das Wort der Poesie auf die Wahrheit zu verpflichten. Jürgen Fuchs ist dann für einen engeren Kreis Freund und Mentor geworden. »Alles schon da«, so schreibt Rachowski über ihn, »die Farben seines Lebens, abgesteckt die Themen, nach diesem Sommer 1968, als auch durch unsere kleine Stadt tagelang die Panzer der Armeen des Warschauer Paktes gerollt waren, eine nicht enden wollende Schlange aus Metall, ein Geschehnis, das die Atmosphäre dieser Kleinstadt wie eine Naturkatastrophe verändert hatte«.[51] In den *Erinnerungen an eine Jugend* wird mitgeteilt: »Abschrift von Postkarte (mit Bild) [...] / Utz, kurze Mitteilung, eine von denen, die gewöhnlich mit ›leider‹ beginnen. / Am Sonntag wurde mir mitgeteilt, daß ich nicht dieses fragliche Objekt verlasse. / Man ist ausgeliefert. / Aber es werden sich Wege finden. Andere.« Über diese Wege debattiert der Kreis junger Leute. »Die Diskussionen wurden nicht zu Grundfragen der Philosophie geführt, sondern hauptsächlich zu Existenzialismus«, denunziert der Klassenlehrer der EOS Reichenbach,[52] der weiß, dass die Besinnung auf die existenzielle Würde des Menschen staatsgefährdend sein kann.« ›Meine Freunde‹ zeigt ein Foto im Band *Erinnerungen an eine Jugend*, ein Erinnerungsfoto also – aufgenommen vom Staatssicherheitsdienst, von der ›Bühne‹ (einer Theateraufführung) in den Zuschauerraum – das Dispositiv des Handelns, wie es sich der Geheimdienst vorstellte: Die jungen ›Bürger‹ des Staates DDR als passive Zuschauer einer Inszenierung und als ahnungslose Objekte kalter Beobachtung zugleich.

Was aber ›Heimat‹ wäre, hatte nirgends einen Ort in der DDR, ließ sich nur noch dank Personen erfahren – in der Freundschaft zuerst. In der Topographie des Unheimisch-Werdens erweist sich gerade die Kindheits-Idylle, weil sie zunächst noch intakt schien, als trügerisch. Greiz vor allem ist in Rachowskis Erzählwelt ein solcher Ort der zerstörten Idylle.[53] Aus einer Sonnenwelt, einem Ort des Traums, wird der Ort eines entwendeten Lebens. Das Idyll hält der Belastung nicht stand. Es ist, wie es eine kleine Szene symbolisiert, darunter ›zerstört und gebrochen‹.[54] Die Lebensgefährtin des Erzählers wird in Greiz verhaftet, ›in ihrer Tasche Bücher von Reiner Kunze und Alexander Solschenizyn, in ihrer Wohnung, noch eingespannt in der Schreibmaschine, eine Seite der Abschrift des Buches *Die wunderbaren Jahre*, Gedichte von mir daneben auf dem Schreibtisch.‹[55] Späterhin, nach der Flucht aus der DDR, wird Reiner Kunze seinem veröffentlichten Tagebuch den Titel *Am Sonnenhang* geben, das einfache Zeichen einer jenseits des Exils wiederzugewinnenden Idyllik, die standhält. Denn sie ist nicht restlos der Geschichte verfallen, lebt vielmehr aus der Schönheit, die sich steigert zur Kunst. ›Poesie‹ – ›Gedichte von mir‹ – und deren ›Mitteilung‹ durch Abschrift trotz Verbotes, das war in Rachowskis Text die poetologische Konstellation des Widerstands, bedeutete – mit der Überschrift einer Erzählung von Jürgen Fuchs – *Das Ende einer Feigheit* samt allen Risiken der Verfolgung: »Heimlich dagegen sein«, so hatte Jürgen Fuchs den Jüngeren klar gemacht, »hilft nicht. Nein sagen. Aufschreiben, was du siehst und hörst. Anfälle von Zweifel. Alles undeutlich machen, zerreißen, verbrennen. Ins Allgemeine heben. Ins Historische schieben. Lyrisch werden. Das doppelte Spiel fortsetzen. Aber es ist zu Ende.«[56]

4. Die Prosa der Akten

Die Folgen lassen sich in der Sprache der Akten formulieren. »R. stellte unter dem Einfluss des Staatsfeindes Fuchs, Jürgen, Aufzeichnungen her und entwickelte ein ›10-Punkte-Programm‹ zur Veränderung der gesell. Verhältnisse in der DDR.«[57] Von nun an laufen in der Lebenserfahrung Rachowskis, wie in dessen literarischer Arbeitsweise, zwei Sprachen nebeneinander. Die eine ist die Sprache des Staates, die ihn zum Objekt macht; Rachowski hat dies, im Rückblick des Exils als Konstante zum Aufbauprinzip eines Gedichtes gemacht – *Biografie oder Was die reden:*[58]

Jetzt kann Ihnen niemand mehr helfen
Sagte der Schuldirektor
Aus dir wird nie ein richtiges Rindvieh
Sagte der Lehrmeister
Ich trete Sie ins Kreuz
Sagte der Kompaniechef
Ihr Bettenbau ist Marke Nagasaki
Sagte der Zugführer
Um Sie wäre es doch schade
Sagte der Gruppendozent
Ich schlage Sie mit dem Kopf an die Wand
Sagte der Vernehmer
Jetzt haben Sie die Katze aus dem Sack
gelassen
Sagte der Richter
Und für Sie haben wir Geld ausgegeben
Sagte der CIA-Major

Ich
Bin schon da
Sagte der Igel

Die Aversion derer, die Geschichte machen, bleibt sich gleich; doppelsinnig aber ist die Schlusstransposition ins Märchen: Der ›Igel‹, der einfach ›sitzen bleibt‹, ist immer schon als Objekt der Rede zuhanden – aber er ist eben auch nicht loszuwerden. – Seinen Essay über Jürgen Fuchs aber beschließt Rachowski mit dessen frühestem bekannten Gedicht. Der Titel lautet: ›Sprache‹ (wegen Johannes Bobrowski); dies sind die letzten Zeilen: [59]

Sprache
Gehetzt
Von Pfiffen
verfolgt
Im endlosen Kampf
gegen das Schweigen der Menschen.

Doch nicht nur durch die Kommandopfiffe, sondern sogar durch die lauten Reden der Macht wird immer mehr das böse Schweigen, das durch sie nur verdeckt werden sollte, kenntlich: »Aber manchmal stelle ich erstaunt fest, ist es zu laut gesagt, und was noch schlimmer zu sein scheint, schon geschrieben gewesen und zu lesen, bevor er es sagt, so bleibt nur sein offener Mund, der auf mich gerichtet ist, rot im schwarzen Bart«.[60] In der Konfiguration des musterhaften Beststudenten und SED-Mitglieds einerseits, des fremden, indischen Studenten Selvan andererseits ist dies in diesem Text *Kommilitonen* exemplarisch geworden – ›meine Heimat aus Gut und Böse‹.[61] Seither stellt Rachowski gegen die Prosa der Akten, die über ihn und den Kreis der Freunde stetig anwachsen, eine ›andere Sprache‹, die Sprache der Authentizität, die Poesie. Zu erfahren war sie in der Lektüre zunächst – von Prosa und Gedichten Bobrowskis und Reiner Kunzes, der für die Jüngeren in diesem Kreis zum Vorbild wurde. Wie aber der Staat sich die Sprache aneignete, um die Wirklichkeit zu fälschen, war Jürgen Fuchs in Viktor Klemperers *LTI* dokumentiert worden.[62] In den Akten wird der Zugriff des Staates schließlich fixiert: Akten dekretieren ›Schöpfungsakte‹, sie richten die Menschen zu Objekten der Bürokratie zu. Rachwoski zitiert Jürgen Fuchs: »ANDERE SCHREIBEN (ALLES,) UNSERE BIOGRAPHIEN.«[63] Der Band *Erinnerungen an eine Jugend. Essays / Akten / Tagebuch* wird, wie ein Verbrecheralbum, mit Gefangenen-Porträts eröffnet: Drei Verbrecher. Die beiden ersten – ›Wilhelm Tell‹ und der ›junge Prinz‹ sind gleichsam die Simulationen des ›wirklichen Lebens‹ durch die Schöpfungs-›Akten‹ des totalen Staates; sie, die inhaftierten Menschen, erleiden eine ihnen zugeschriebene, zudiktierte Existenz: Das Aufrührertum des ›Wilhelm Tell‹, der einsame Aristokratismus des ›jungen Prinzen‹ sind lediglich Posen.

›In abgelegener Provinz‹ vollzieht sich diese Zerstörung eines Lebens, Rachowski hat sie in einem autobiographischen Essay mit diesem Titel nachgezeichnet. Vorangestellt hat er den Schluss des kurzen Prosatextes von Hans-Joachim Schädlich, der ebenfalls diesen Titel trägt. Es ist das Modell einer Zerstörung der sich Widersetzenden durch die Gewalthaber: »Was zu tun ist? sagt der Gouverneur. Einige füttere ich, dass sie mir vorpfeifen, für andere stampfe ich mit dem Fuß auf. Den Dritten zertrete ich den Kopf.«[64] Schädlich hat das Modell – eine mögliche Matritze – für die biographische Erfahrung geschrieben

Der Vater, die Lehrer – als Diener des Erziehungssystems[65] –, sie bereiten die entscheidende Stufe vor, die Verfügungsgewalt des Staates durch die Gefangennahme der als Gegner definierten Jugendlichen. Die Stadien der Zurichtung, beginnend mit den Phasen des Verhörrituals, werden präzise notiert:[66] ›Schuldigmachen im Erstverhör‹ (158), ›Mitwisser und Freunde werden zu Zeugen gemacht‹ (160), ›Omnipotenz der repressiven Mittel – dein Zuhause – die Zelle – Widerstandformen‹ (164). Jetzt wird der Raum des Lebens vollends zur Illusion; das ›Gefängnis‹, längst die passende Metapher für den eingemauerten Staat DDR, wird real: ›Die Zelle 231 Cottbus‹ und ihre Bewohner – Strafvollzug; dies ist die von nun an gültige Erfahrung Rachowskis.[67] Seinem Essay *Mein Gefängnis* steht deshalb ein Motto von Josef Brodsky voran: »Gefängnis ist tatsächlich eine Übersetzung der eigenen Metaphysik und Ethik, des persönlichen Geschichtsverständnis und noch einiges anderen mehr in die kompakte Ausdrucksweise des täglichen Verhaltens.«[68] – »Unversehens«, so heißt es in einer Rede Rachowskis vor ehemaligen Bautzen-Häftlingen, »durch das [...] Ereignis der eigenen Verhaftung sah diese Gruppe von Autoren sich plötzlich den gar nicht glanzvollen, sondern ewigen, aber schmutzigen Themen wie Gefängnis, Kasernierung, physische und psychische Folter, Einzelzelle, Freigang usw. gegenübergestellt. Und wir nahmen das Thema an.«[69] Die Gefängniszeit war »eine Zeit wie Blei, die, kommt man lebendigen Leibes oder Geistes davon, niemand wird adäquat wiedergeben können, erzählen können.«[70]

1971: Ich werde auf Antrag der Erweiterten Oberschule wegen ›Beleidigung von Offizieren der Nationalen Volksarmee‹, ›Linksradikalität‹ und ›Zersetzung des Klassenkollektivs‹ relegiert. Ich arbeite auf dem Güterbahnhof als Transportarbeiter.
1971 bis 1972: Elektromonteurslehre.
1973 bis 1975: Armeedienst.
1974: Ich besuche Reiner Kunze, um ihm meine Gedichte zu zeigen, erzähle ihm die Geschichte meines Rausschmisses aus der Schule. Er schreibt das Prosastück *Fahnenappell*, das er in seinen Band *Die wunderbaren Jahre* aufnimmt. Kunze schützt mich durch Anonymität (Der Schüler N. in X.).

1975: Stärkerer Kontakt zu Jürgen Fuchs. Im Herbst besuche ich Wolf Biermann.
September 1976: Erneuter Besuch bei Jürgen Fuchs auf dem Grundstück Havemanns.
November 1976: Ausbürgerung Wolf Biermanns. Verhaftung von Jürgen Fuchs und anderen. Petition eines Teils der Schriftsteller der DDR an die Regierung.
April 1977: Eine Freundin, die Krankenschwester ist, wird auf dem Weg zur Frühschicht (Uhrzeit: 4.45 Uhr) in ein kurz haltendes Auto verbracht, zur Villa des MfS in Cunsdorf bei Reichenbach gefahren.
Mai 1978: Ich studiere inzwischen in Leipzig Medizin und habe den Kontakt zu den Reichenbacher Freunden etwas verloren. Diese werden Anfang Mai von ihrer Arbeit geholt und acht Stunden verhört.
Oktober 1978: Eine Freundin beobachtet, wie meine Leipziger Wohnung fotografiert wird.
Mai 1979: Ein Herr spricht bei meinen Vermietern in Leipzig vor und erkundigt sich nach dem bei mir verkehrenden Personenkreis, ob ich Musik hören würde, wann die Schreibmaschine ginge.
September 1979: Es klingelt, ich öffne. Ein Beauftragter für Wohnungswesen stellt sich per Ausweis mit Lichtbild vor. Auf seine Bitte lasse ich ihn ein. Es interessierten ihn nicht gelöster Deckenputz, defekte Installationsleitungen, eher schon Raumverteilung, Plakate, Zettelinschriften und Bücher. Als ich es bemerkte, beeilte er sich zu gehen.
Am 22. September 1979 wird M. verhaftet. Und ich schlafe nicht ein. Am nächsten Tag werde ich in Reichenbach verhaftet. Es ist der 5. Oktober ’79. Sie kommen am frühen Morgen.[71]

Die Chronik der Ausgrenzung und Einsperrung hat Rachowski selbst zusammengestellt; seine Erzählungen aber – vor allem *Die Akten des Menschengesangs oder Wie ein Staatsfeind entsteht* – verbinden poetologische Reflexion über Sprache und Erfahrungsbericht untrennbar; sie stellen die utopischen Potentiale von Liebe und Freundschaft auf die Probe – »und ich bitte Sie zu bedenken, alle hatten wir als junge Schriftsteller begonnen mit Liebesgedichten«.[72]

Wohl machte die Verfolgung selbst wiederum auch die Freiheit erfahrbar: »In einem Gefängnishof in Karl-Marx-Stadt, als ich die Liebe hinter Gittern sah, wusste ich, dass es zu kämpfen galt und der Preis herrlich sein würde.«[73] Hier entstehen neue Solidaritäten, und hier wiederholt sich aufs Äußerste verschärft jene Zerstörung des einfachen menschlichen Miteinanders, die bereits in der Kindheitswelt und in der Alltagswelt aufzuzeigen war.

Aber verlässlich funktionierte solche Dialektik nicht; vielmehr erweist sich das Gefängnis letztlich bloß als die sinistre Realität eines falschen Daseins, das schon längst auch die Lebenswelt durchdrungen hatte. Und analog dazu objektiviert sich in der Prosa der Akten nur jene ihr vorausgehende doppelsinnige Rede des Verrats, die der Sprache des Wirklichen noch zum Verwechseln ähnelt. Der Verräter tarnt sich als Freund und die Kommunikation mit ihm höhlt die Werte der Gemeinschaft aus, ja die Poesie selbst. Poesie – daran ist zu erinnern –, »das waren auch Beatles und Small Faces via Luxemburg und Saarbrücken, aus dem Äther gefiltert mit der geheimen Antenne unterm Dachboden«,[74] das war auch der Gesang, die Melodie des anderen, die Lieder der Freiheit: »Das ist die alte Stimme der Baumwollplantagen und Sklavenaufstände.«[75]

Der Sänger, der diese Lieder anstimmt, ist vielleicht die bewegendste Kennfigur des Verrats in Rachowskis Œuvre: Josef Amica Herrmann, der als Titelfigur ›Kaspar Mauser‹ in Katja Lange-Müllers Erzählung wiederkehrt.[76] In der Genealogie der Figuren in Rachowskis erzählter Welt ist er Mulei verwandt, jenem anderen, den die biederen Mitglieder des Kollektivs der DDR-Deutschen nicht als gleichrangig anerkennen mochten. ›Amica‹ ist selbst ein Ausgegrenzter, ihm ist das dritte jener Verbrecherporträts gewidmet: *My Huckleberry Friend*, die Verkörperung des ›freien Lebens‹ aus der Abenteuerliteratur für Jungen. Mit der Titelanspielung auf Mark Twains berühmten Roman ist zugleich die Leitfrage nach dem gestellt, was vom Mut der Jugend bleibt, wenn der Staat diese Phase brutal beendet.

Der Kompositionsbogen der großen Erzählung einer Jugend hebt an mit einer Erfahrung der Solidarität gerade auch mit den Anderen, mit dem Unangepassten, dem Sänger, dem Huckleberry Friend, der im Zuge des Freundschaftsverrats der DDR aus dem sozialistischen afrikanischen Bruderland zuerst importiert und dann im Stich gelassen, an den Rand der Gesellschaft gedrängt wurde und der jene Musik bewahrte, in der die Unterdrückten gegen ihr Schicksal die Stimme erheben. Damit wird gleichsam der Mut des Sängers Wolf Biermann, dessen Ausbürgerung ja die Verfolgungen, denen auch Rachowski zum Opfer fiel, ausgelöst hatte, in den Raum dieses Textes hineingehoben; zum erstenmal hört der Erzähler den Sänger Amica beim Transport ins Gefängnis: »Nein, Biermann ist im Westen. Unfreiwillig, aber nicht hier. Das ist sein Lied, aber der singt jetzt nicht.«[77] Derjenige, der singt, wird durch den Gesang nicht zum authentischen Freund. Um dem Druck gegen den fremden Ausländer zu entgehen, verbündet er sich mit denen, die ihn bedrücken, und wird damit wahrhaft zum ›Fremden‹ in der Gemeinschaft menschlicher Solidarität, wird zum Verräter. Die drohende Fälschung der Stimme ist das Wahnmotiv dieser Erzählung: »Vielleicht ist es zu spät, die Stimme zu erheben. Der erhobenen Stimme kann beschieden sein, nicht gehört zu werden. Vielleicht ist es die falsche Stimme. Und zur falschen Zeit.«[78]

Er wird gejagt, ist gehetzt, doch zunächst wird er nur zum Schauspieler seiner Existenz, die sich alsbald auf eine Rolle, die einzige für einen ›schwarzen Schauspieler‹, verkürzt, auf diejenige ›des Verlassenen: Othello.‹[79] Nun wird aus der spielerisch genommenen Jagd ein Todesernst: »Es ist kein Spiel, nicht mit Katz und Maus, Jago und Othello, nicht mehr Old Man River und Huckleberry Friend. Es ist tödlicher Ernst daraus geworden.« Amica, dessen Freundschaft in seinem zweiten Namen bereits in die Fremdsprache übersetzt ist, wird vollends zum mörderischen Spieler. Sein Gesang findet seine wahre Bedeutung in der Gefangenensprache, denn einer der ›singt‹, ist dort einer, der seine Freunde verrät. Nach dem Freikauf singt er wieder. Nun sind die ›Akten des Menschengesangs‹ zu rekonstruieren, die Prosa des Verrats. Selbst ›Amicas‹ faszinierende Freiheit erweist sich als bloßer Schein. In der Buchkomposition Rachowskis antwortet auf diese traumatische Erfahrung von Verrat und Simulation dann die Rücknahme nach innen, ins Tagebuch. Nachdem das, was an der DDR-Geschichte authentisch schien, vollends seine Fragilität im Verrat enthüllt hatte, bleibt nur die Rekonstruktion der eigenen Geschichte und schließlich das Bekenntnis zu seiner eigenen negativen Geschichte, die es anzunehmen gilt.

Zu ihr gehört auch die Kontinuität, wenn schon nicht die Gleichheit der Diktaturen, die sich nun als Teil der Erfahrungen des Schreibenden enthüllt. Gewiß können die Aufnahmeprozeduren der Häftlinge in Auschwitz nicht gleichgesetzt werden mit den Verfolgungsmethoden der DDR; sie werden aber in einer Konstellation betrachtet.[80] Die Zeiten spiegeln sich: »Später, im Gefängnis, fällt mir die Verhaftungsszene aus Günther Weisenborns Memorial wieder ein.«[81] Und schließlich – die »Ausbürgerung, eine Maßnahme, die es in Deutschland seit den Nazis nicht mehr gegeben hatte, und der endgültige Anfang vom Ende der DDR war das auch.«[82]

5. Exil / Die Rettung der Sprache und die Erfahrungen am Markt

Im Exil erst wird der Schriftsteller Utz Rachowski zu einem ›Autor‹, übernimmt diese Rolle, in der sich der Ausdruckwille des Schreibenden und die Erwartungen der Öffentlichkeit stets in paradoxer und, wie sich in diesem besonderen Fall zeigt, auch in schmerzlicher Weise verschränken. Und selbst wenn das Exil die Geburt des Autors bedeutet, so bedeutet es doch zuerst und vor allem versäumtes Leben. Ein Motto, das Rachowski für *Red' mir nicht von Minnigerode* aus Jean Cocteaus *Armer Jean* entlehnt hat, spricht bewegend diese Klage aus:[83]

> Du schöner Junge,
> hat man ihn ermuntert,
> du hast ja noch gar keinen Flaum,
> so stell dich mal an diesen Baum
> und zähle brav bis hundert!
> Doch als er aufhob sein Gesicht,
> war es von Tränen blind,
> denn die einen hatten das Weite gesucht
> und die anderen Weib und Kind.

Selbst ›bei beibehaltener Sprache‹[84] ist die Emigration für den Ausgebürgerten gewiss kein bequemes oder auch nur alltägliches Schicksal. »In bizarrer Dialektik ist das Exil Rettung und stigmatisierende Wunde in einem«,[85] und diese Wunde heilt nicht;[86] der ›krankhafte Exilstatus‹[87] bleibt; Exil, so erfährt es Rachowski, bedeutet ›die vollkommene Abwesenheit von mir selbst‹.[88]

Öffentlichkeit, so stellt der exilierte Autor im Land seiner Muttersprache fest, ist ein Raum der Entfremdung. Wie viele Schicksalsgenossen versucht er nun ein Schriftstellerleben jenseits der Blockantithesen; dabei begegnen ihm im Westen nicht mehr nur die Akteure des ›Kalten Krieges‹, die ihn als Zeugen für das Unrechtsregime DDR vereinnahmen wollen, sondern auch jene, die ›Westlinken‹, die eben davon gar nichts hören wollen, »dass es ein Land gibt in Deutschland, in dem die Regierung, eine Partei, Krieg führt gegen das eigene Volk und mit allen Mitteln.«[89] Und schließlich gibt es, angesichts so massiver Erwartungen, die Verlockung zu neuerlicher Anpassung, zu einem sublimeren Verrat des ›Dichterberufs‹. »Welche kommen von drüben,« so hat Jürgen Fuchs diese von manchen Kommentatoren geäußerte Meinung beschrieben,

»haben einiges erlebt und reisen hier auf Schriftsteller. Sie denken, weil sie im Gefängnis saßen oder einige Verhöre erlebten, ist alles gut und richtig, was sie schreiben und sagen. Das sind aber meist nur Erlebnisberichte, Zeugnisse sehr subjektiver Art, politisch gefärbte Anklagen, keine Literatur.«[90] Der Freund Jürgen Fuchs setzt dann auch das Themenschlagwort in den Titel seines Essays über Rachowski: *Literatur, die im Knast entsteht.*[91] »Eine Münchner Zeitung«, so berichtet Jürgen Fuchs, »behandelte ein Schriftstellertreffen, das in Marburg stattfand, Rachowski war einer der Teilnehmer (neben Biermann, Erich Loest, Bernd Jentzsch, Helga M. Novak und anderen) und las öffentlich die ›Szenen aus Thüringen‹, (ich weiß nicht, ob der Verfasser des Artikels ihn meinte), – mit dem Vorwurf einer bloßen Spekulation auf den Verfolgtenstatus; jedenfalls wurde (so Fuchs weiter) das Thema Gefängnis [...] von verschiedenen aufgegriffen, aber er [Rachowski] fühlte sich wohl angesprochen. Dieses Zitat dringt ins Zentrum einer Diskussion, und Jürgen Fuchs insistiert, dass eben diese Diskussion noch nicht offen genug geführt wird. Sie hat mit Autoren wie Rachowski viel zu tun«.[92] Und: »Zu hoffen ist, [...] dass ausführlich beschrieben wird, was zukünftig zur deutschsprachigen Literatur gehören wird: die Auseinandersetzung mit Gefängnis, Armee, Flucht, Ausbürgerung, Ankunft in der nahen oder fernen Fremde«.[93] Autoren wie Rachowski aber ›versuchen, sich noch einmal loszureißen und das zu tun, was sie sich vorgenommen hatten: künstlerisch zu arbeiten. Dazu gehört, und es ist wie eine Auflage, sich dem Thema, dem Erlebten zu stellen.‹ – Rachowski nimmt diese ›Auflage‹ an, wie er mit einem ironischen Motto, das er Witold Gombrowicz' Tagebuch entnommen hat, über seiner Erzählung *Wer ich bin, woher ich komme und wie ich Friseur wurde* belegt: »Er selbst, Milosz, hat sich einmal ungefähr so ausgedrückt: Der Unterschied zwischen dem westlichen Intellektuellen und dem östlichen besteht darin, dass ersterer nie richtig eins in die Fresse gekriegt hat. Im Sinne dieses Aphorismus bestünde unser Trumpf (ich schließe mich selbst nicht aus) darin, dass wir Vertreter einer brutalisierten Kultur sind, also dem Leben näherstehen.«[94] Und darüber hinaus – so formuliert er dann die Aufgabe einer Kunst, die Zeugnis gibt, – heiße dem »Exil [zu] entkommen [...], der Unsichtbarkeit ein Bild zu geben und das Bild aber ist negativ.«[95]

Erzählungen über das Exil lassen diesen existentiellen Zustand bereits in der DDR beginnen; es ist der Zustand des Selbstverrates, des Verzichtes auf Liebe: Der Mann, der schweigt, grenzt sich selbst aus dem Leben aus. Er vollführt die – vielleicht erwarteten – Rollenhandlungen, aber indem er in seiner Verschlossenheit ›verharrt‹, verzichtet er auf das Wort der Liebe: »Es begann jetzt ein Gefühl in mir aufzusteigen, fast eine Sicherheit, denn ich war stumm geblieben ihr gegenüber, eitel und kalt, dass ich einen Preis würde zahlen müssen eines Tages und immer wieder für mein Schweigen zu meiner ersten Liebe.«[96]

Nach der Exilierung wird die Liebe zur Utopie jenseits der Grenze. Die Geliebte ist für den Dichter unter den politischen Bedingungen von heute so verloren wie einst Eurydike für Orpheus, der sich auf den Weg machte, um sie von jenseits des Lebens wieder zurückzuholen. ›Die endlose Fahrt‹ ist ein Abschnitt des Erzählbandes *Namenlose* überschrieben;[97] das dauernde Unterwegs-Sein im Exil und das Verfehlen der wahren Liebe entsprechen sich, und die ›endlose Fahrt‹ findet für den heutigen Schriftsteller noch immer kein glückliches Ende: »[...] ich suchte ein Dorf, ich hatte mein Schicksal wieder gefunden. [...] ich suchte ein Dorf jenseits der Grenze. Ich suchte das Dorf meiner Liebe und fand es nicht.«[98] Und, wie ein anderer Text in der Einheit von Rachowskis Erzählwelt kommentiert: »[...] ohne Liebe, mit diesem Preis zahlen zu müssen, hatte ich nicht gerechnet, als ich mich auf den Weg ins Land der Poesie machte.«[99] – »Ich komme an«; so trügerisch beginnt der offenkundig autobiographische Bericht der Exilerfahrung *Erster Abend, letzter Morgen.*[100] Die zwei Teile dieses Textes verhalten sich wie die realistische Exempelerzählung zur kategorischen Auslegung. In der Erzählung wird das Schreckensmotiv des Schweigens eingeführt, fürchtet der Erzähler doch ›ernsthaft, in diesem deutschen Teil Deutschlands würde kein deutsch gesprochen.‹[101] Die Unschuld des Ankömmlings verbannt ihn in eine völlige Täuschung über seine Situation in jener Stadt Berlin, in der ›die Angst schon alt war, und ich wußte es nicht‹;[102] und so verkennt er seine Gemeinschaft mit einer jungen Frau, so meint er irrtümlich, die ›splitternde[n] frühe[n] Schreie‹ seiner zwei Töchter seien ›das Kristall reinen Glücks‹, so verfällt er schließlich ›Salome‹, ›[d]er Tänzerin zweier Welten‹ und erfüllt ihren Wunsch: ›Meinen Kopf in einer goldenen Schüssel.‹[103] Der Liebende, jetzt für immer stumm, präsentiert in Schönheit, ein Opfer der ›zwei Welten‹.

»In die Fremde kommt der Mensch schnell, aber wieder nach Hause, das ist ein langer Weg.« So lautet ein Motto von Karel Capek, das Rachowski über einen Abschnitt seiner Collage *Die alte Stadt* stellt.[104] In solchen Motti, in Zitaten und intertextuellen Verweisen mündet die Selbstverständigung über die allmählich aufdämmernde Ahnung von der Strenge des Dichterberufes in einen Dialog, an dem auch andere teilnehmen; Rachowski sucht den Maßstab der bis in die Gegenwart reichenden Tradition. Um Bildungsliteratur geht es ihm nicht; was er bietet ist, wie er selbstironisch altmodisch vermerkt, eine ›Mitteilung an die halbgebildeten Stände‹.[105] So werden auch die Erwartungen der Literaturkritik enttäuscht – durch einen Autor, der bei den Dichtern Zeugen eben nur für seine Erfahrung sucht – und, als ehemaliger Bürger der DDR mit ihrer Erbepflege, ein eigenwilliger ›Erbe‹ ist mit einem ›Begriff der Poesie‹, der »aus dem 19. Jahrhundert [kommt], dazu von deutschen Prosaautoren, Kleist, Büchner (Lenz), der Heine in Prosa, aber auch und besonders die gespenstisch realen Geschichten des Amerikaners Edgar Allen Poe.[106] So erkennt Jürgen Fuchs in der Erzählung mit dem Turgenjew-Titel *Väter und Söhne* gleichwohl eine ›Kohlhaas-Story, die es mit der Kleistschen Intensität durchaus aufnehmen kann‹.[107] Kleist hatte – mit seinem Essay *Über das Marionettentheater* – dem Exilierten seinen Reiseweg ›rund um die Welt‹ schon vorgeschrieben; das Kleistsche ›Paradies‹, jener utopische Ort der Liebe vor dem Sündenfall der Geschichte, ist zum ›Paradies der Werktätigen‹ heruntergekommen, und dieses Land ist hermetisch verschlossen. – Verdüstert hat sich die Welt, seitdem Wilhelm Raabe in seinem Roman *Die Akten des Vogelsangs* 1896 beschrieben hatte, wie ein Unangepaßter, Velten Andreas, in der bürgerlichen Welt keine Heimat mehr findet, wie er in der Fremde stirbt; doch in den *Akten des Menschengesangs* ist eben nicht nur von Unverständnis und Härte gegenüber denen zu berichten, die sich dem bürgerlichen Mittelmaß nicht fügen; sie öffnen einen Zirkel von Denunzitation und Verrat, machen den Besonderen zu einem Täter, der sich zugleich in den Selbstverrat als Opfer verstrickt. Das Opfer der verwalteten Diktatur findet in Rachowskis Erzählerfahrungen seine Vorgeschichte in den Texten Franz Kafkas, vertraut mit dem Erbe Kleists wie Raabes. Und auch das kafkasche Personal wird jetzt in die Schreckensgeschichte des 20. Jahrhunderts, deren Anfang der Prager Autor schon aufgeschrieben hatte, mitten hinein versetzt; der Heizer – Protagonist von Rachowskis Erzählung *Einmal sieh hinaus* – wird zum Zeugen des Massenmordes, seine Arbeit wird sinnlos angesichts der ›Leichenberge von Auschwitz‹.[108] Polen ist – so zeigt die Zeugenschaft der Literatur – ein anderes ›Land der Poesie‹, seit es auch Ort der unvergleichbaren deutschen Verbrechen wurde;[109] und das ist auch für den nachgeborenen Zeugen entscheidend: »Keiner wird dir glauben, was du wirklich gesehen hast.«[110] Auf Paul Celan, den Überlebenden der Shoah, verweist das Motto: ›Lange vor Abend / kehrt bei dir ein, der den Gruß getauscht mit dem Dunkel.‹[111] – Der Gefangene Rachowski, auch er einer der Verfolgten, las Dostojewskis *Aufzeichnungen aus einem Totenhaus*; [112] und diese Erfahrungsgemeinschaft des Ostens reicht weiter bis zur Zeugenschaft eines Václav Havel und Imre Kertész; er teilt mit ihnen die Berufung auf eine Literatur der Existenz, für die immer wieder Albert Camus als Zeuge einsteht. Über Jirí Grusa hat Rachowski geschrieben und auf dessen Edition *Hinter Schloss und Riegel* verwiesen.[113] Er beruft sich auf Manès Sperber[114] und er zitiert geradezu bekennerisch die Stilgeste des aus der DDR exilierten Uwe Johnson,[115] ebenso aber die ›arme Literatur‹ nach der ›Apokalypse‹ 1945, wiederum einen in der Wohlstandsrepublik BRD recht fremd anmutenden Traditionsraum.[116] ›Gefangenschaft‹ und ›Eigensinn‹ schließlich fand Rachowski wiederum bei dem Exilanten Elias Canetti verbunden, in einer Notiz aus *Die Provinz des Menschen* – mit dem Appell zum Ausbruch, wie in den ›unaufhörliche[n] Gänge[n] des Tigers an den Gitterstäben entlang, um den einzigen winzigen Augenblick zur Rettung nicht zu versäumen‹.[117]

Solche Dialoggemeinschaft, in Texten bezeugt, und der Freundeskreis des Autors überlagern sich. Im Exil gibt noch einmal die Freundschaft Halt. Es entsteht eine Gemeinschaft der Schreibenden im Exil. Reiner Kunze hatte jenen Fahnenappell, der zu Rachowskis Relegation führte, in *Die wunderbaren Jahre* beschrieben und so zumindest im ›Westen‹ öffentlich gemacht; er bleibt – neben Wolf Biermann – gleichsam ein öffentlicher Bürge für die Erfahrung dieses Kreises der aus der DDR Exilierten, in der bundesrepublikanischen Öffentlichkeit nicht Angekommenen. Jürgen Fuchs widmet Rachowski einen der wenigen eindringlichen Betrachtungen; Wolf Biermann hält 1991 anlässlich der Verleihung des Förderpreises zum Eduard-Mörike-Preis an Rachowski ›eine kleine Rede‹ und steuert sie als Nachwort für dessen Band *Namenlose* bei. Siegfried Heinrichs gibt zuerst in seinem Oberbaumverlag Rachowski und anderen Autoren dieses Kreises ein Domizil, stellt zugleich programmatisch eine Gemeinschaft der Verfolgten der kommunistischen Regime – von Marina Zwetajewa über Imre Kertèsz und Sándor Márai – einer desinteressierten Öffentlichkeit im Westen vor. Rachowski schreibt über ihn.[118] Die Texte – von Utz Rachowski, von Axel Reitel,[119] Siegmar Faust, Jürgen Fuchs, Siegfried Heinrich oder Ulrich Schacht – beziehen sich aufeinander; und: ›Die toten Freunde [...], die Kollegen: Rudolph Bahro, Jurek Becker, Gerulf Pannach, Jürgen Fuchs, Klaus Schlesinger‹.[120] Nicht nur die Diktaturen beerben einander in Deutschland; den Verfolgten dieser Diktaturen bleibt als ihr Erbteil die Solidarität. Ihre Gemeinschaft reicht über die Zeitgrenzen hinaus, auch über die Zeitbrüche des Jahrhunderts. Das ›Vorwort‹ zu Rachowskis schmalem, 1987 im Berliner Oberbaum Verlag erschienenen Prosaband *Der letzte*

Tag der Kindheit hatte Hans Sahl schreiben wollen, als ihm – in New York – eine der Erzählungen des Jüngeren zu Gesicht kam.[121]

6. Die Trägheit der Herzen und der Verhältnisse / Apokalypse

Nicht nur zwischen den Staaten ist der Ort des Schreibens, sondern auch ›zwischen richtiger und falscher Zeit‹.[122] Die staatlichen Zwänge und die anpasserische Trägheit der Menschen verkehren die Ordnung der Zeit; auch wenn weiterhin Zeit vergeht, so entsteht doch keine menschenwürdige Geschichte und jedes Ziel, das Sinn verleiht, kommt abhanden. Und so fehlen auch die trostreichen Geschichten. Von Kind an war dem Erzähler von Rachowskis Geschichten wohl bewusst, dass am Ende der Zeiten die Apokalypse steht – Schrecken und Verheißung von Untergang und Gericht: ›Die apokalyptischen Reiter, sprich sie nicht an, dann reiten sie weiter.‹[123] Noch gewährt die Welt der Großmutter Geborgenheit. Im väterlichen Bücherschrank, jenem Bollwerk gegen jede Schuldannahme, findet sich die Figur eines kleinen Engels, den der Erzähler ›auf seiner goldenen Trompete nie zum Jüngsten Gericht blasen‹ hören konnte.[124] In einem nicht-autobiographischen, aber in Wir-Form erzählten Text hat Rachowskis dann diese Erfahrungen ins Parabolische übersetzt: Eine nicht näher identifizierte Gruppe betritt in einer offenbar militärisch geplanten Aktion ein Objekt, macht ihre Beobachtungen, nimmt erste Kommunikation auf in einer merkwürdigen, an der Bibel orientierten Sprache, führt Verhöre durch und bildet sogar ›eine bewegliche Einsatzgruppe [...], die in Annäherung an die Sprache der Insassen des Objektes Propagandaabteilung genannt wurde.‹[125] Doch die Situation gerät außer Kontrolle, die Besetzer werden zurückgetrieben. Es scheint, als ob die Bewohner des Objekts ihre Angelegenheiten selbst in die Hand nehmen wollten. Angesichts der Schlusspointe der Erzählung eine durchaus irrige Annahme: »Allem Anschein nach hielten sie uns zu diesem Zeitpunkt noch immer für Menschen. Und wir waren das Jüngste Gericht.«[126] Es ist eine Parabel, die auch die Rolle des Schriftstellers in einer desinteressierten Gesellschaft beschreibt, des missachteten Boten des Gerichts und der Gerechtigkeit.

Vom Versäumnis des Endes handeln nicht wenige Texte Rachowskis,[127] so auch ›Die Gerechtigkeit‹, ein Text, der mit dem ›Fest‹ der Gerechtigkeit und gemeinsamem Tun »unter dem Stern der Gerechtigkeit und des Friedens« nicht endet, sondern das angesprochene Du aus dieser Phase wieder entlässt in die Desorientierung, »als hätte dich« – wie es in einem Zitat aus Kafkas Erzählung *Die kaiserliche Botschaft* heißt: »eine Nachricht, die nur für dich bestimmt sein würde, noch nicht erreicht«.[128] Es bleibt die vage Hoffnung auf eine fortgesetzte Reise, deren Ziel unklar ist. Und so wird der Aufbruch, den schon der Titel in einer der Texte Rachowskis verheißt, in eine polnische Szenerie versetzt. Eine Begegnung des Erzählers mit Jan und Colombina, eine Szene der Kunst – des Tanzes – der Befreiung: »Komm mit, wir brechen auf hinter die Spiegel, von wo unser Blick sie alle durchschauen wird, denn wir kennen nur einen Spiegel für das Leben: Glück«.[129] Dagegen steht die pervertierte Fahrt der Angepassten ›auf der Autobahn‹,[130] entsteht ein Zwang des Überholens, eine Perversion des Fortschrittsversprechens: »[D]ann sehn wir uns kurz an, ich hinter den Spiegeln und er mit verzweifeltem Blick und nur einer einzigen Frage, die heißt: Wo ist mein Leben!«

Dass die Zeit jedes Menschen so wie die Zeit der Menschheit ein Ziel habe und dass dieses Ziel unter dem Zeichen der Gerechtigkeit stehe, ist die Formel der Heilsgeschichte, wie sie die Poesie von der christlichen Religion übernommen hat. Deren Symbole von Heil und Erlösung ordnen die Wirklichkeit der erzählten Welt – in der Wahrnehmung der Figuren oder im Kommentar des Erzählers. Dieser weiß, dass es nicht nur das ›Brot des Bösen‹ und der Lüge gibt, sondern auch das ›Brot‹, das die Wahrheit und die Kommunion im Zeichen dessen bedeutet, was den Menschen zum Göttlichen erhebt – im Zeichen der Liebe: »Dass die Liebenden ihr Brot brächen, ausschließlich unter sich, hatte ich früh vernommen und war seither den mühevollen Wegen dieses Glaubens gefolgt.«[131] Früh erfährt der Erzähler, dass bei seinen Mitmenschen jede ›frohe Botschaft‹ der Erlösung ungehört verhallt: »[I]ch rief immerzu: Habt keine Angst mehr, ich habe den Rubin, [...], ich habe gerettet das letzte Licht aus den Gärten, es brennt in meinen Händen, der böse Nebelgeist fängt uns nie! [...] Aber sie kamen nicht, sie hörten nicht. Und sahen auch nicht. [...] Und so ist es immer geblieben.«[132] Und schließlich wird der Erzähler im Exil, der um die ›Passion« der Liebe gebracht ist, zum Nachfolger Christi auch in der Passion des Leids, erblickt sich auf einer ›Zeichnung‹ die ihn ›hinter Gittern zeigte, auf meine Stirn das Schweißtuch der heiligen Veronika‹.[133]

7. Heimkehr?

Vielleicht, so hat Jürgen Fuchs gemutmaßt, ist es so: »Im Westen kann man es schreiben, falls Depressionen besiegt werden, verkaufen kaum. Freunde sind wichtig, gute Kollegen, aus West, Ost, Nord und Süd, es werden immer wenige sein. In den Osten muss es dann gelangen, dort wird es von vielen verstanden. Und irgendwann auch verlegt, Zensur und Diktatur müssen nicht ewig dauern.« [134] Das Ende des Exils wäre der Anfang der Geschichte, die Erfüllung der Zeit, die Rechtfertigung des Erzählens: »Wenn Freiheit wahr wird [...] und Terror zerbricht, ›wird es sein, als wenn wir träumen‹. Dann werden wir lachen und einen Tanz anfangen. Unsere Geschichte werden wir allen erzählen. Auch die Skeptiker werden dann staunen und zugeben müssen: sie sind frei.«[135]

Mit der Revolution von 1989 schien dieser Augenblick gekommen; doch eine Leidensgeschichte kann – wie sich erweist – unter dem Gesetz irdischer Zeit nicht aufgehoben werden: »Die Grenzen sind offen. Mehr noch: Ich habe meine Mutter besucht, und Deutschland ist wieder eins. Die Toten sind immer noch tot.«[136] Die Erfahrung des Exils ist variabel und irreversibel. »Das Herausbrechen aus der eigenen Generation durch das Exil ist eine wahnsinnige Erfahrung.«[137] Sie wird besiegelt beim Versuch der Heimkehr. Es passte nicht mehr so recht, ›das Heimweh von Eichendorff‹: »Ach, die Heimat hinter den Gipfeln, / wie liegt sie von hier so weit!«[138] Nach 1989 kehrt Rachowski – als einziger ›[v]on den ausgebürgerten Freunden‹[139] – in seine Heimat, die keine ist, nach Reichenbach ins Vogtland zurück. 1999, so erinnert er sich, war es schon soweit, dass ›in seiner Heimat kein Hund mehr einen gedanklichen Bissen von einem Dissidenten nehmen würde‹.[140] Offenbar war eine ›Rückkehr [...] nur an der Oberfläche, [...] nur physisch möglich‹.[141] Ansonsten hatte der Heimkehrer reichlich Gelegenheit, die ›Verdrängung und Nicht-Thematisierung einer eben verschwundenen Diktatur in den 90er Jahren‹[142] zu erfahren, die Verwechslung von ›trauernden Hinterbliebenen des toten Regimes‹[143] mit der vertriebenen Opposition. Die ›Wunden der deutschen Sprache‹, unsere ›Wunden im Leben‹[144] waren keineswegs verheilt. »Dem Wunder von 1989 ist der Alltag übergestülpt und macht es unkenntlich, in Ost und in West.«[145] Die Lüge wirke fort. Nicht im Verfall der Städte, der sich in Investitionsprogrammen beheben lässt, dokumentiere sich die Verwüstung: ›Architektonische Antiquitätenfälschung‹ hat längst ›die Vergangenheit geschönt‹.[146] Aber was weitergeführt wird, ist die innere Verheerung: Eine ›scheinbar hoffnungslose Grundstimmung, das Abwertende und Verächtliche gegenüber dem Erreichten sind, denke ich, die Kennzeichen des immer noch nachwirkenden Krieges, des Tatsächlichen, der 1945 endete, wie der des anschließenden Systems gegen die freien Lebensäußerungen der Menschen.‹[147]

Viele sind ›Opfer und Täter zugleich‹,[148] und Rachowski ist nicht derjenige, der die rückblickende poetische Verklärung der Diktatur, die in den Inszenierungen des Alltags ja durchaus ihren Platz findet, nun auch in dem strengen Raum der Literatur, unter dem Kunstgesetz des Schreibens zulässt: »Ich verzeihe ihnen nicht, denn – es sind noch dieselben und immer die gleichen.«[149]

Nach dem Zusammenbruch der DDR, nachdem die Akten offengelegt wurden, ist deshalb die Rekonstruktion der Prosa der Akten und ihre Verwandlung in literarische Texte auch ein Akt der Freiheit für die Verfolgten. Reiner Kunze wiederum hat mit seinem Buch *Deckname Lyrik* hier den Weg gewiesen. Rachowski aber schreibt – ›folgend der Arbeitsmethode Heinrich von Kleists‹ und ›auf Grundlage dreier Presseberichte‹,[150] also Kunst und Erfahrung gattungsgerecht bündelnd – die Anekdote *Altherrenherbst*. Es geht um die juristische Suche nach Gerechtigkeit und um die Sprache der Wahrheit. Zwei Fachleute des Staates DDR, der eine Psychiater, der andere jetzt Rechtsanwalt, ehemals Vernehmer der Staatssicherheit, sind mit Vorwürfen früherer Dissidenten konfrontiert. Man habe sie ›mit Tabletten und Spritzen zwangsbehandelt‹.[151] Das Rechtssystem wird zum Gefangenen seiner eigenen Sprachregelungen. In dieser Kontinuität der Rede von Staatsmacht kommen die Opfer wieder nicht zu Wort. »Der Prozess endet mit Freispruch ›mangels Beweisen‹.« Die freigesprochenen Täter jubilieren in der Presse, die Opfer sollen ›auf den Fluren des Gerichts noch lange umhergeirrt sein und unhaltbare Dinge gerufen haben‹.[152]

Die Nutznießer der Diktatur bleiben oben; sie wissen auch die ›Wende‹ zu nutzen. Selbst alte Sehnsuchtsorte deutscher Kultur werden von ihnen okkupiert – so in der Erzählung *Lektüre bei seitlichem Meerblick*, die, auf Capri spielend, zuerst in zwei kurzen Abschnitten Legenden korrigiert, wie sie über die Tyrannei des Erotomanen und ›des unanständigsten Kaisers‹ Tiberius kursierten; als Projektion sagen sie mehr über diejenigen aus, die sie überliefern, als dass sie etwas mit historischer Wirklichkeit gemeinsam hätte. Und nun im dritten Abschnitt verkehrt sich die Richtung der Projektionen; in der sich so aufklärerisch gebenden Gegenwart florieren neue Legenden. In die Postkartenschönheit einer Kulturlandschaft dringt ein störender Ton, ein deutsches Lanzerlied. Der Balkonnachbar pfeift es: »Er hat das Gesicht eines Mörders [...], er spricht sächsisch.« Was er pfeift, ist nicht ein Lied aus den großen Kriegen, sondern aus jenem alltäglichen Krieg, den die DDR gegen Teile ihrer Bevölkerung führte. Ebenso fragt sich der Tourist: »Wohin eigentlich sind die bewaffneten Organe auseinander gelaufen? Mit ihren Liedern. Und ihren Familien.«[153] Die Vergangenheit ist nicht vergangen.

Die Kontinuität derartiger ›Geschichte‹ entwirft die große Erzählung *Red' mir nicht von Minnigerode*, die der jüngsten Veröffentlichung von Utz Rachowski auch den Titel gab. Sie hebt mit der schlichten Beteuerung der Existenz an: »Diese, verfolgte Freunde, sagen wir Minnigerode, für Eingeweihte, Menschenrecht, sagen wir Gesellschaft für Menschenrechte, Pfarrer (Weidlich)Weidig erschlagen in seiner Zelle. Diese gibt es / Neues Forum, Widerstand gewaltlos, sagen wir Bürger-Recht, Matthias Domaschk, erhängt in seiner Zelle, Gefängnis Gera, Thüringen, Amthordurchgang. Endstation. Tod. Diese gibt es.«[154] Die Kontinuität der Verfolgung bei wechselnden, subtiler werdenden Methoden – sie gibt es. Es bleibt die Kontinuität der Orte, es bleibt die Pflicht zur Erinnerung, denn die neuen Methoden zielen auf Vergessen.

Komplementär entsteht im Jahr 1994 die Erzählung *Bauer geschlagen vom Feld*. Neben denen, die sich wieder – wenn auch vielleicht etwas heimlicher – als Sieger der Geschichte brüsten, stehen wieder einmal die Verlierer: Frieder Schimpfermann, der einfache Bauer mit dem sprechenden Namen – einer, der für Frieden steht, dem aber, wie der gesellschaftlich verliehene Nachnamen verrät, Schimpf angetan wird. Im Schachspiel der Macht ist er das sprichwörtliche ›Bauernopfer‹. So ist aus dem schönen neuen Deutschland der Bauer Frieder Schimpfermann verschwunden, wie so vieles andere: »Plauener Spitze, Teppiche aus Ölsnitz, die mit dem Halbmond, vogtländische Webstoffe, Reichenbacher Kammgarn: die Fabriken in den Städten leer, mit blinden Fenstern, Mehl vom Korn des Bauern Schimpfermann gibt es nicht mehr.« Woher neues Mehl für das ›Brot‹ des Lebens käme, das steht dahin. Der Erzähler kannte Frieder Schimpfermann seit der Schulzeit, sie hatten gemeinsam die Grundrechenarten geübt und die einfache Regel gelernt, dass minus mal minus ein Plus ergäbe; doch für den Bauern Schimpfermann geht diese Gleichung, die aus der Diktatur, die ihm seinen bäuerlichen Besitz nahm, und der Marktwirtschaft, die ihm die Bewirtschaftung dieses wiedergewonnenen Besitzes ruiniert, noch ein Positives zu bilanzieren vermöchte, nicht mehr auf; es bleibt endgültig das Minus: »Ich will nicht das eine verwechseln mit dem anderen, den Aufschwung eines Landes nicht mit dem Schwung des Seiles, das Frieder Schimpfermann über den Balken seiner leeren Scheune geworfen hat.«[155] Der Erzähler bleibt ratlos und gleichsam auch ortlos zwischen den Systemen und Zeiten, angesichts dieser absurden Geschichte und der fortgeschriebenen bösartigen Doppelsinnigkeit der Worte, die noch immer das ›einfach‹ Schöne und Gute nicht zulassen: »Und warum bin ich traurig in den neuen Ländern, ich Glücklicher nach 10 Jahren Exil, und wollte gern, ich hätte Schimpfermanns Frieder einst versprochen, daß Gott ihm jetzt Pate stünde, hier, wohin ich zurückgekehrt bin, in die Landschaft unserer Kindheit, jetzt, wo Frieder vielleicht auch meines nachhelfenden Beistandes wieder bedarf: minus mal minus, haben wir erfahren, ist am Ende, wie Liebe und Tod, nicht erklärt.«[156]

Den Osten verlassen hieß eben nicht im Westen ankommen. Die ehemalige DDR wird zum Reich zwischen den Zeiten. Die Vergangenheit will nicht so recht vergehen, eine bessere Zukunft will sich nicht einstellen und dennoch schreibt Rachowski solche Texte, die im florierenden Literaturbetrieb nur wenig Anklang und Beachtung finden. Er schreibt über eine deutsche Gegenwart, die den Menschen in diesem Land ein gutes Leben erlaubt: »Schönes Deutschland. Alles ganz normal. Und beneidenswert.«[157] So im Jahr 2002, im neuen Jahrtausend.

Endnoten

Hier wird die leicht überarbeitete und um eine Nachschrift ergänzte Fassung eines Textes vorgelegt, der unter dem selben Titel zuerst im Jahr 2009 in einem von mir und Jörg Bernig herausgegebenen Sammelband erschienen ist: Exil und Emigration von Schriftstellerinnen und Schriftstellern aus der DDR. Dresden: Thelem 2009., S. 387-413.

Copyright beim Thelem Verlag und beim Verfasser

1 Hans Sahl: Vorwort. In: Utz Rachowski: *Der letzte Tag der Kindheit.* Berlin: Oberbaum Verlag 1987, S. 9 f., hier S. 9.

2 Utz Rachowski: Das Eichsfeld oder Die endlose Fahrt. In: Ders.: *Namenlose*. Berlin: BasisDruck 1993, S. 140-155, hier S. 146.

3 Vgl. Wolf Biermann: Eine kleine Rede über Utz Rachowski am 13.11.91 in Fellbach. In: Rachowski: *Namenlose* (wie Anm. 2), S. 185-190, hier S. 189.

4 Ebd., S. 190.

5 Utz Rachowski: Die Namenlosen. In: Ders.: Namenlose (wie Anm. 2), S. 132-139, hier S. 139. – Und nochmals ebd.: »Namen, die zu viele sind für Papier, Namenlose, deren Namen ich kenne, tot in einem Krieg, der keinen Namen hat, und der seine Toten nicht zählt«.

6 Er gibt der jüngst erschienenen Sammlung den Titel: *Red' mir nicht von Minnigerode.* Dresden: Thelem 2006.

7 Utz Rachowski: »Red' mir nicht von Minnigerode«. In: Ders.: *Minnigerode* (wie Anm. 6), S. 64 ff., hier S. 64.

8 Ebd.

9 Die Formulierung vom ›Markenzeichen‹ gebraucht Max Frisch, dieser Identifizierung überdrüssig.

10 Utz Rachowski: »Der letzte Tag der Kindheit«. In: Ders.: *Der letzte Tag* (wie Anm. 1), S. 9-21, hier S. 21.

11 Ders.: »Nachricht aus der Fremde«. In: Ders.: *Mein Museum. Gedichte aus 19 Jahren.* Dresden: Hellerau Verlag 1995, S. 39.

12 Vgl. Johannes R. Bechers Gedicht *Turm von Babel* in Johannes R. Becher: *Gesammelte Werke.* Bd. 6: *Gedichte 1949-1958.* Berlin: Aufbau 1973, S. 40; noch Hans Mayer, der – nach einem hoffnungsvollen Neuanfang nach dem von Nazideutschland erzwungenen Exil in Leipzig – dann 1963 die DDR verließ, stellt seine Erinnerungen unter dieses Zeichen: *Der Turm von Babel. Erinnerungen an eine Deutsche Demokratische Republik.* Frankfurt a. Main: Suhrkamp 1991.

13 Utz Rachowski: »Die Farben des frühen Fuchs«. In: Ders.: *Minnigerode* (wie Anm. 6), S. 106-118, hier S.108.

14 Nicht im Vorwort von Sahl.

15 Vgl. Walter Schmitz: »Erinnerte Shoah? Literaturwissenschaftliche Anmerkungen zur Literatur der Überlebenden.« In: *Erinnerte Shoah. Die Literatur der Überlebenden. The Shoah Remembered. Literature of the Survivors.* Hgg. v. Walter Schmitz. Dresden: Thelem 2003, S. 497-521.

16 Utz Rachowski: »My Huckleberry Friend II.« In: Ders.: *Minnigerode* (wie Anm. 6), S. 124-133, hier S. 131.

17 Jürgen Fuchs: »Literatur, die im Knast entsteht«. In: *Deutsches Allgemeines Sonntagsblatt*, 19.4.1987.

18 Vgl. Utz Rachowski: »Mein Gefängnis«. In: Ders.: *Minnigerode* (wie Anm. 6), S. 154-184.

19 Utz Rachowski: »Brotnacht«. In: Ebd., S. 46-49, hier S. 49.

20 Ders.: »Die Wenigen und die Vielen« – Ist alter Mut übertragbar? (Eine Rede vor ehemaligen Bautzen-Häftlingen). In: Ders.: *Minnigerode* (wie Anm. 6), S. 248-256, hier S. 251.

21 Vgl. Utz Rochowski: »Das Wiederfinden der Erdbeben«. In: Ebd., S. 208-211.

22 Jörg Bernig: »Leise Schreie aus Leben. Nachwort«. In: Rachowski: *Minnigerode* (wie Anm. 6), S. 257-262, hier S. 257.

23 Vgl. auch zur deutsch-deutschen Differenz meine Studie: »Zwischen Ursprung und Utopie. Heimatsuche in der deutschen Literatur und im deutschen Film der 70er Jahre«. In: *Regionaler Fundamentalismus? Geschichte der Heimatbewegung in Stadt und Land Oldenburg.* Hgg. v. Museumsdorf Cloppenburg, Kulturamt der Stadt Oldenburg u. Stadtmuseum Oldenburg. Oldenburg: Isensee Verlag 1999, S.230-251, hier S. 234. Zur ›identitätswahrender‹ Funktion von erlebter ›Heimat‹ in der DDR vgl. als erste Übersicht Frank Hafner: *›Heimat‹ in der sozialistischen Gesellschaft. Der Wandel des DDR-Bildes im Werk Günter de Bruyns.* Frankfurt a. Main u.a.: Peter Lang 1992, S. 35-54.

24 Vgl. Rachowski: *Der letzte Tag der Kindheit* (wie Anm. 10).

25 Biermann: »Kleine Rede« (wie Anm. 3), S.186. – Vgl. dazu meine beiden Studien: *1968 in der DDR. Wahrnehmungsspuren in einem »ruhigen Land«*. In: Die Kunst des Überwinterns. Musik und Literatur um 1968. Hgg.v. Jörn Peter Hiekel. Köln u.a.: Böhlau 2011. S.23-67. – *1945 / 1968. Literatur der Zeugenschaft.* In: Kristina Kaiserová / W.S. (Hg.): *Sächsisch-Böhmische Beziehungen im Wandel*

der Zeit. 3 Bde. Dresden: Thelem 2013, Bd.I: *Sächsisch-Böhmische Beziehungen im Wandel der Zeit.* Textband, S.409-440.

26 Rachowski: »Brotnacht« (wie Anm. 19), S. 46.

27 Utz Rachowski: »Die einzige Fahne«. In: Ders.: *Minnigerode* (wie Anm. 6), S. 13 f., hier S. 13.

28 Ebd.

29 Rachowski: »Brotnacht« (wie Anm. 19), S. 48.

30 Ebd.

31 Utz Rachowski: »Über das slawische Herz«. In: Ders.: *Mein Museum* (wie Anm. 11), S. 29 f., hier S. 30.

32 Biermann, »Kleine Rede« (wie Anm. 3), S. 187.

33 Utz Rachowski: »Wer ich bin, woher ich komme und wie ich Friseur wurde«. (Autobiographische Notiz). In: Ders::*Namenlose* (wie Anm. 2), S. 156-167. Vgl. die genealogische Beglaubigung durch die »Großmutter, aus dem Land der Poesie kommend, die den Schirm ihrer Güte über unsere vielfach bedrohte Kindheit aufspannte«. (Ebd., S. 158).

34 Ders.: »In abgelegener Provinz«. In: Ders.: *Minnigerode* (wie Anm. 6), S. 100-105, hier S. 103.

35 Ders.: »Huckleberry Friend II« (wie Anm. 16), S. 128 (Hervorhebung W.S.).

36 Ders.: »Ich will Roger Loewig nicht vergessen«. In: Ders.: *Minnigerode* (wie Anm. 6), S. 134-136, hier S. 134.

37 Jörg Bernig/Utz Rachowski: »Kehre nie zu einem Ort deiner Vergangenheit zurück!« Ein Gespräch. In: Rachowski: *Minnigerode* (wie Anm. 6), S. 215-238, hier S. 222. Vgl. die gekürzte Fassung dieses Gesprächs in: *Literaturlandschaft im Wandel. Gespräche zur literarischen Kultur in Sachsen und Ostdeutschland 1990-2005.* Hg. von Jörg Bernig und Walter Schmitz. Dresden: Thelem 2006, S. 165-177.

38 Utz Rachowski: »Der Vater«. In: Ders.: *Minnigerode* (wie Anm. 6), S. 71-95, hier S. 76; folgende Zitate: Ebd., S. 84; S. 89.

39 Ebd., S. 92; folgendes Zitat, ebd.

40 Ebd., S. 93; folgendes Zitat, ebd.

41 Utz Rachowski: »Auf Verlangen vorzeigen!« In: Ders: *Minnigerode* (wie Anm. 6), S. 20-22, hier S. 22.

42 Ders.: »Wer ich bin« (wie Anm. 33), S. 163.

43 Ders.: »Die alte Stadt. Eine literarische Collage«. In: Ders: *Namenlose* (wie Anm. 2), S. 168-183, hier S. 168.

44 Ebd.

45 Utz Rachowski: »Die Tauben von Weimar«. In: Ders: *Mein Museum* (wie Anm. 11), S. 13 f. (Hervorhebungen W.S.).

46 Utz Rachowski: »Chinesischer Türhütergott«. In: Ders: *Mein Museum* (wie Anm. 11), S. 15.

47 Vgl. Ders: »Das Wiederfinden der Erdbeben«. (wie Anm. 21), S. 210.

48 Rachowski: »Wer ich bin« (wie Anm. 33), S. 167.

49 Ders: »Das Wort Revolution.« In: Ders: *Mein Museum* (wie Anm. 11), S. 31.

50 Reiner Kunze nennt – exemplarisch – diese Namen in: Für die einen war ich sofort ein Feind. Gespräch mit Reiner Kunze am 11. Januar 2002 in Berlin. In: *Stille Post. Inoffizielle Schriftstellerkontakte zwischen West und Ost. Von Christa Wolf über Günter Grass bis Wolf Biermann.* Hgg. v. Roland Berbig. Berlin: Ch. Links 2005, S. 89-99, hier S. 95.

51 Rachowski: »Die Farben des frühen Fuchs« (wie Anm. 13), S. 111.

52 Ders.: »Die Akten des Menschengesangs oder Wie ein Staatsfeind entsteht«. In: Ders.: *Erinnerungen an eine Jugend.* Chemnitz: Chemnitzer Verlag 1995, S. 20-54, hier S. 22. Dort auch das vorhergehende Zitat. – Die Wirkung des Existenzialismus in den kommunistischen Diktaturen, in der frühen DDR übrigens noch durch Johannes R. Becher vermittelt, späterhin im Samisdat kursierend, verdiente eine gründliche, vergleichende Untersuchung; stets bewähren sich diese Schriften, vor allem die Werke von Albert Camus, bei den Verfolgten, Dissidenten, Inhaftierten – sei es Václav Havel, sei es Imre Kertèsz – als eine Philosophie des Mutes; Rachowski beruft sich gelegentlich auf Camus' Feststellung, jede Diktatur sei »zu allererst bestrebt, gleichzeitig die Arbeit und die Kultur zu versklaven«. Utz Rachowski: »Die zwölf Stühle des Siegfried Heinrichs«. In: Ders: *Minnigerode* (wie Anm. 6), S. 154-184, hier, S. 170.

53 Vgl. Utz Rachowski: »Was ich von Greiz weiß«. In: Ders: *Minnigerode* (wie Anm. 6), S. 96-99.

54 Ebd., S. 97.

55 Ebd.

56 Jürgen Fuchs: *Das Ende einer Feigheit.* Reinbek b. Hamburg: Rowohlt 1988, S. 38.

57 Rachowski: »Die Akten des Menschengesangs« (wie Anm. 52), S. 52.

58 Ders.: »Biografie oder Was die reden«. In: Ders: *Mein Museum* (wie Anm. 11), S. 37.

59 Ders: »Die Farben des frühen Fuchs« (wie Anm. 13), S. 118.
60 Ders.: »Kommilitonen«. In: Ders: *Namenlose* (wie Anm. 2), S. 127-131, hier S. 128.
61 Ebd., S. 131.
62 Vgl. Viktor Klemperer: *LTI: Notizbuch eines Philologen*. Berlin: Aufbau 1947. Rachoswki zitiert diesen Aufsatz in seinem Essay über Jürgen Fuchs in: »Die Farben des frühen Fuchs« (wie Anm. 13), S. 113.
63 Aus der Rede: Zur Auseinandersetzung mit den beiden Diktaturen in Deutschland in Vergangenheit und Gegenwart, zitiert in: Rachowski: »Die zwölf Stühle des Siegfried Heinrichs« (wie Anm. 52), S. 151.
64 Hans-Joachim Schädlich: *Versuchte Nähe*. Zitiert bei: Rachoswki: »In abgelegener Provinz« (wie Anm. 34), S. 100.
65 Vgl. etwa Rachowskis Prosastücke: »Der Menzer«. In: *Der letzte Tag* (wie Anm. 1), S. 32-47, sowie den Abschnitt »Die Diktatur der Pädagogen« in: Rachowski: *Die alte Stadt* (wie Anm. 43), S. 172-182.
66 Vgl. Rachowski: »Mein Gefängnis« (wie Anm. 18), dort die folgenden Zitate.
67 Ders: »Huckleberry Friend II« (wie Anm. 16), S. 124.
68 Ders: »Die zwölf Stühle« (wie Anm. 52), S. 154.
69 Ders: »Die Wenigen und die Vielen« (wie Anm. 20), S. 249. Vgl. zu den Gefängnis-Texten Bernig: Leise Schreie aus Leben (wie Anm. 22), S. 259.
70 Ebd., S. 258.
71 Rachowski: »Mein Gefängnis« (wie Anm. 18), S. 155 ff.
72 Ders: »Die Wenigen und die Vielen« (wie Anm. 20), S. 249.
73 Ders: »Mein Gefängnis« (wie Anm. 18), S. 184.
74 Ders: »Wer ich bin« (wie Anm. 33), S. 158.
75 Ders.: »My Huckleberry Friend I.« In: Ders: *Minnigerode* (wie Anm. 6), S. 119-124, hier S. 120.
76 Vgl. dazu den Beitrag von Julia Kormann in diesem Band, die auf die intertextuellen Bezüge auch zu Heiner Müllers Mauser aufmerksam macht; zudem ist aus der ›westlichen‹ Literatur an Peter Handkes *Kaspar* zu erinnern – mit seiner Verschränkung von Sprachrollen und Identitätsprojektion, in denen sich das ›Ich‹ verliert.
77 Rachowski: »Huckleberry Friend I« (wie Anm. 75), S. 120.
78 Ebd., S. 119.
79 Ebd., S. 122; das folgende Zitat ebd., S. 132.

80 Vgl. Rachowski: »Mein Gefängnis« (wie Anm. 18), S. 167.

81 Ders: »Die zwölf Stühle« (wie Anm. 52), S. 162. – Vgl. auch die topische Konstellation von (von) Weimar und dem Ettersberg, in: »Eduard Mörike, der Ettersberg, ich und blaue Flügelkartuschen«. In: Rachowski: *Minnigerode* (wie Anm. 6), S. 212 ff.

82 Utz Rachowski: »Nach Fellbach reisen«. In: Ders: *Minnigerode* (wie Anm. 6), S. 185-193, hier S. 191.

83 Zit. n. Rachowski: *Minnigerode* (wie Anm. 6), S. 51.

84 Rachowski: »Nach Fellbach reisen« (wie Anm. 83), S. 186.

85 Bernig: *Leise Schreie aus Leben* (wie Anm. 22), S. 26.

86 Vgl. die Formulierung vom Exil »als eine nicht heilende Wunde«; Bernig/Rachowski: »Ort deiner Vergangenheit« (wie Anm. 37),S. 232.

87 Ebd., S. 219.

88 Rachowski: »Die alte Stadt« (wie Anm. 43), S. 172.

89 Ders: *Die Namenlosen* (wie Anm. 5), S. 138. – Vgl. zur Wahl des Wohnortes Berlin die Einleitung zu diesem Band.

90 Fuchs, »Literatur« (wie Anm. 17).

91 Ebd., dort die folgenden Zitate.

92 Jürgen Fuchs spricht in ähnlichem Sinn und insofern terminologisch vielleicht für mich nicht ganz folgend von ›Erlebnisliteratur‹. Zumindest in der Fachsprache der Literaturwissenschaft ist der Begriff ›Erlebnis‹ hier zu harmlos konnotiert. Doch das, worum es Fuchs geht, deckt sich mit dem, was ich hier als Rachowskis Erfahrungen zu beschreiben versuche.

93 Fuchs: »Literatur« (wie Anm. 17), dort auch das folgende Zitat.

94 Rachowski: »Wer ich bin« (wie Anm. 33), S. 156.

95 Ders: Erinnerungen (wie Anm. 52), S. 78.

96 Ders: *Die Namenlosen* (wie Anm. 5), S. 137.

97 Ders: *Namenlose* (wie Anm. 2), S. 121; vgl. den Text: »Das Eichsfeld oder die endlose Fahrt« (wie Anm. 2).

98 Ders: »Das Eichsfeld« (wie Anm. 2), S. 154.

99 Ders: »Wer ich bin« (wie Anm. 33), S. 166.

100 Ders.: »Erster Abend, letzter Morgen«. In: Ders: *Namenlose* (wie Anm. 2), S. 123-126.

101 Ebd., S. 124.

102 Ebd., S. 126.

103 Ebd.

104 Rachowski: »Die alte Stadt« (wie Anm. 43), S. 171.

105 Ders.: »Der wilde Jäger«. In: Ders: *Minnigerode* (wie Anm. 6), S. 29-42, hier S. 29.

106 Ders: »Das Wiederfinden der Erdbeben« (wie Anm. 21), S. 208.
107 Fuchs: »Literatur« (wie Anm. 17).
108 Utz Rachowski: »Einmal sieh hinaus«. In: Ders: *Namenlose* (wie Anm. 2), S. 89 f., hier S. 89.
109 Vgl. Ders.: »Eine Lebende in Warschau oder Neun Kapitel eines Grenzübertritts«. In: *Namenlose* (wie Anm. 2), S. 98-103.
110 Ders: »Einmal sieh hinaus« (wie Anm. 109), S. 89.
111 Ders.: »Der Gast«. In: Ders: *Namenlose* (wie Anm. 2), S. 117 ff., hier S. 117.
112 Ders: »Die zwölf Stühle« (wie Anm. 52), S. 179.
113 Vgl. Utz Rachowski: »ich bin der herrscher des tagsterns«. Einführung in die Dresdner Poetik-Dozentur Jirí Grusas. In: Ders: *Minnigerode* (wie Anm. 6), S. 199-207, hier S. 205. – Das Motto der Abteilung hat er von Jiri Grusa übernommen. Keineswegs sei die Demokratie bereits in dem Territorium der ehemaligen Deutschen Demokratischen Republik angekommen. Die Verweigerung geschehe schweigend; vgl. ebd., S. 201.
114 Rachowski: »Die Farben des frühen Fuchs« (wie Anm. 13), S. 109.
115 Vgl. den zentralen Satz der Beglaubigung in Rachowski: *Red' mir nicht von Minnigerode* (wie Anm. 7): »Diese gibt es.«
116 Vgl. den Verweis auf Borchert in: Rachowski: »Wer ich bin« (wie Anm. 33), S. 159.
117 Motto zur Abteilung »ich bin der herrscher des tagsterns« in: Rachowski: *Minnigerode* (wie Anm. 6), S. 197. – Vgl. auch das Canetti entnommene Motto über Rachowski: »Die Farben des frühen Fuchs« (wie Anm. 13), S. 106.
118 Vgl. Rachowski: »Die zwölf Stühle des Siegfried Heinrichs« (wie Anm. 52).
119 Vgl. den von Rachowski und Reitel gemeinsam veröffentlichten Band: *Gethsemane. Zwei Gedichte.* Plauen: Neupert Verlag 1992.
120 Rachowski: »Nach Fellbach reisen« (wie Anm. 83), S. 187.
121 Ders: »Die Wenigen und die Vielen« (wie Anm. 20), S. 250.
122 Ders: »Huckleberry Friend I« (wie Anm. 75), S. 121.
123 Ders: »Der wilde Jäger« (wie Anm. 106), S. 34.
124 Ders: »Der Vater« (wie Anm. 38), S. 73.
125 Ders.: »Die Eroberung des Objekts«. In: Ders: *Minnigerode* (wie Anm. 6), S. 53-57, hier S. 55.
126 Vgl. Rachowski: »Der dritte Satz für ein Deutschlandbuch.« In: Ders: Namenlose (wie Anm. 2), S. 104 zur Dialektik von Ende und Anfang.

128 Ders.: »Die Gerechtigkeit«. In: Ders: *Namenlose* (wie Anm. 2), 110 f, hier S. 111.
129 Ders.: »Aufbruch hinter die Spiegel«. In: Ders: *Namenlose* (wie Anm. 2), 112 ff., hier S. 114.
130 Ebd., dort auch das folgende Zitat.
131 Utz Rachowski: »Der Gast« (wie Anm. 112), S. 119.
132 Ders.: »Das Licht aus den Gärten«. In: Ders: *Minnigerode* (wie Anm. 6), S. 15 f., hier S. 16. Zur Zeit der ›Romantik‹ belegten Symbolik vgl. Theodore Ziolkowski: »Der Karfunkelstein«. In: *Euphorion* 55 (1961), S. 306.
133 Ders: »Das Eichsfeld« (wie Anm. 2), S. 153.
134 Fuchs, »Literatur« (wie Anm. 17).
135 »Die Freiheit ist das Recht, nicht zu lügen.« Dies zitiert Utz Rachowski in seiner literarischen Predigt zum Reformationstag 2002 aus den Psalmen (126). In: Ders: *Minnigerode* (wie Anm. 6), S. 239-247, hier S. 239.
136 Rachowski: »Die alte Stadt« (wie Anm. 43), S. 176.
137 Bernig/Rachowski: »Ort deiner Vergangenheit« (wie Anm. 37), S. 234.
138 Rachowski: »Die Farben des frühen Fuchs« (wie Anm. 13), S. 106.
139 Ders: »In abgelegener Provinz« (wie Anm. 34), S. 105.
140 Rachowski: »ich bin der herrscher des tagsterns.« (wie Anm. 114), S. 207.
141 Vgl. Bernig, »Leise Schreie aus Leben« (wie Anm. 22), S. 261.
142 Rachowski: »Die zwölf Stühle des Siegfried Heinrichs« (wie Anm. 52), S. 150.
143 Biermann: »Kleine Rede« (wie Anm. 3), S. 189.
144 Rachowski: »Die zwölf Stühle des Siegfried Heinrichs« (wie Anm. 52), S. 150.
145 Ders: »Die Freiheit ist das Recht, nicht zu lügen«. (wie Anm. 136), S. 244.
146 Ders: »ich bin der herrscher des tagsterns.« (wie Anm. 114), S. 202.
147 Ders: »Nach Fellbach reisen« (wie Anm. 83), S. 192.
148 Ders: »Huckleberry Friend II« (wie Anm. 16), S. 130.
149 Ebd., S. 129. Zu reden ist auch von »den literarischen Ergießungen belletristischen Schunds meiner Täter-Kinder-Generation, sagen wir zum Beispiel in Sachsen, wo jeder mit jedem im KZ gewesen sein will oder in der DDR verfolgt, die sich aber gerade als typische Diktatur-Menschen-Generation durch völlige Mitleidlosigkeit, auch gegen sich selbst, auszeichnet und letztendlich nur überspie-

len will, dass sie mitgespielt haben«. (Rachowski: »Ich will Roger Loewig nicht vergessen« [wie Anm. 36], S. 135).

150 Utz Rachowski: »Altherrenherbst«. In: Ders: *Minnigerode* (wie Anm. 6), S. 62 f., hier S. 62.

151 Ebd.

152 Ebd., S. 63. Dort auch das vorhergehende Zitat.

153 Utz Rachowski: »Lektüre bei seitlichem Meerblick«. In: Ders: Minnigerode (wie Anm. 6), S. 58-61, hier S. 61. Dort auch das vorhergehende Zitat.

154 Ders.: *Red' mir nicht von Minnigerode* (wie Anm. 7), S. 64.

155 Ders.: »Bauer geschlagen vom Feld«. In: Ders: *Minigerode* (wie Anm. 6), S. 11 f., hier S. 12.

156 Ebd.

157 Rachowski: »Nach Fellbach reisen« (wie Anm. 83), S. 193.

Nachtrag/Juni 2017

Dass die Heimat kein Ort ist, sondern ein Zustand des Lebens, wird bei jeder Rückkehr an den Ort der Kindheit schmerzlich erfahrbar. Und dass nach dem Zusammenbruch einer diktatorischen Staatsform nicht auch die von ihr geprägten Formen des Lebens schlichtweg verschwinden, sondern sich mit zäher Beharrlichkeit behaupten – an diesem sinistren Befund scheiterte die ›Heimkehr‹ des Schriftstellers Utz Rachowski. Seine Haltung des Widerspruchs war wohl von der geschichtlichen Entwicklung bestätigt worden, doch die Dissidenten von gestern waren nach 1989 noch längst nicht zu den Siegern von heute geworden. Adam Zagajewski, der polnische Lyriker, der ins Exil in die USA ging und nach 1989 dort blieb, geht nach seiner Lektüre der polnischen Übersetzung von Utz Rachowskis Gedichtband *Miss Suki oder Amerika ist nicht weit!* (2013) aus eigener Erfahrung auf das besondere ›Dilemma dieser Generation‹ ein; es »war die Frage: Was tun nach dem Fall des Systems? Die Schriftsteller dieser Generation, nicht sie allein selbstverständlich, sondern in solidarischer Mitwirkung mit viel mächtigeren gesellschaftlichen Kräften, trugen den Sieg davon. Aber in der Literatur kann ein Sieg leicht zur Niederlage werden. Die Dichtung kann sehr gut mit der Tragödie, Katastrophe, Melancholie, mit dem Tod und dem Liebesversagen (damit am besten!) umgehen, sie ist aber ratlos gegenüber dem Sieg. Nur ein Pindar weiß den Sieg zu besingen. Der Triumphalismus ist etwas Abstoßendes – wie lange kann man allerdings triumphieren, eine Woche, zwei? Deswegen kam es oft vor, dass manche Vertreter dieser ›siegreichen‹ Generation ins lange Schweigen gerieten. Gewiss kam es manchmal zum gänzlichen Verstummen – auch wenn ich einen konkreten Fall weder nennen könnte noch möchte. ›Siegreiche Generation‹ und ›lost generation‹ – die Unterschiede sind nicht groß ...«

Dass es in der Welt ein Zu-Hause, dass es ›Heimat‹ gibt, hatte der Dichter von *Miss Suki oder Amerika ist nicht weit!* eben in Amerika erfahren dürfen; aber die Rückreise nach Deutschland bringt keine ›Heimkehr‹. Das Gedicht *Heimkehr*, das Günter Kunert im Jahr 2004, nach dem anscheinenden Ende seines deutsch-deutschen Exils veröffentlicht hatte, ist dem Gedichtband Rachowskis vorangestellt: ›Wiedererkannt hat ihn nur / sein alter Hund. / Gewisse Geschöpfe erwittern / unbeirrt ihresgleichen‹... Nicht als Sieger war der Dulder Odysseus zurückgekehrt, stellte sich ›Penelopes inquisitorischen Fragen‹, fand eine allenfalls prekäre Liebe, belagert von fremden Freiern – ›aber der Hund! /

Der Hund gab sich ohne Zögern / unter deine müde Hand. / Schweigen verhindert Misstrauen. / Wahre Liebe bedarf keiner Worte.‹ Und jenseits der Sprache endet auch das ›böse Spiel der Götter‹, die heutzutage nicht mehr vom Olymp herab ihre Macht ausüben, sondern ganz (un) menschlich. – Gedankenlose Verfügungsgewalt ist auch den irdischen ›Göttern‹ eigen; und so wie im antiken Mythos besteht die Antwort darin, dass der einzelne Mensch erkannt wird und dass diese Erkenntnis in Treue bewahrt wird; zu dieser Antwort ist nur die stumme Kreatur – der ›alte Hund‹ – fähig. Kunerts Gedicht misst im Dialog die Koordinaten einer Erfahrung aus, die freilich für Utz Rachowski eine glückliche Variation fand. Sein amerikanischer Gedichtband ist ›Miss Suki‹ gewidmet, einem kleinen Hund, einem Cavalier-Prince-Charles Spaniel, der Rachowskis Obhut anvertraut war, als er im Frühjahrssemester 2012 als writer in residence einen Lehrauftrag für deutsche Literatur am Gettysburg College in Pennsylvania (USA) wahrnahm. Und in den Gedichten geht es – konträr zum antiken Muster des weitgereisten, müde gewordenen Helden auf Ithaka – nicht um einen Anschluss an die Vergangenheit, die für Utz Rachowski ja gleichbedeutend mit Verfolgung und Exil ist; sondern es geht um einen Neuanfang – an einem anderen Ort, in einem anderen Land. Und der gelingt – dank Miss Suki: »Was für eine Geschichte«, so schreibt Christoph Meckel zu den Gedichten um Miss Suki – »dieses Tier ist kein Mensch, der richtige Mensch hat dieses Lebewesen gefunden; wer den beiden folgt, kommt in einen Raum unverhoffter Unschuld und Freiheit.« Denn, so wird gleichsam in einem Dialog der Leser Meckels Staunen von Adam Zagajewski aufgenommen, es sind eben die Tiere, die uns ›sehr reich‹ beschenken, ›vor allem mit einer Art Unschuld, die wir – sowohl die Sieger als auch die Verlierer – nicht mehr haben‹. Rachowski selbst hatte in dieses Gespräch schon die amerikanische Stimme Walt Whitmans eingeführt: ›Das ist es, was du tun sollst: liebe die Erde und Sonne und die Tiere, verachte die Reichen, gib Almosen allen, die dich darum bitten […]‹. Die Schönheit, die Treue, die verlässliche Zuneigung, die das Tier dem Menschen zeigt, wird zur Erfahrung, die unter den Menschen allzu lange vergebens gesucht wurde. So wäre schließlich, gleichsam als ein weiteres Motto, das kurze Gedicht *Der Abend* hinzuzufügen:

Die Tiere versorgen
zuerst

dann die Dinge
versöhnen

des Menschen

Gewiss, man könnte es für einen Zufall halten, dass Utz Rachowski jener Aufenthalt in den USA ermöglicht wurde. Vielleicht aber war dies einer jener Zufälle, die fällig sind. Denn warum sollte die ›Reise um die Welt‹ immerzu in die Exilerfahrung münden; warum sollte sie nicht doch einmal ein Stück Utopie erfahrbar machen, und zwar eben dort, wo sie schon immer ihren Haltepunkt fand, in Amerika? *Amerika ist nicht weit!* Das verspricht der Untertitel des Gedichtbandes, der dort begonnen wurde. Diese Monate mit Miss Suki brachten dem Dichter ›[e]in wenig Glück auf der Welt/ das mir folgte wie du/ auf jedem Schritt‹. ›Ich liebe‹, so lauten die ersten beiden Worte im Eröffnungsgedicht; und dann die Fortsetzung – ›einen kleinen Hund/ der in Pennsylvania lebt // hinweg/ über den großen Ozean // werfe ich den Ball‹. Sogleich also weitet sich die singuläre, vielleicht zufällige Begegnung zum Gegenentwurf gegen die bisherigen Erfahrungen ›im Hundeleben‹, das in dieser Welt ja nicht nur den Hunden reserviert ist; denn es gibt auch andere Kläffer, beispielsweise solche, die ›an der Elbe wohnen‹.

Die Metaphorik für den ›treuesten Freund des Menschen‹ ist im Deutschen wenig schmeichelhaft; schließlich heißt es am Tiefpunkt einer Existenz gar, jemand sei ›auf den Hund gekommen‹. Die Poesie hat hier einen schweren Stand; doch Rachowskis Gedichte eröffnen einen Dialog der Dichter und gehen über ihn hinaus: ›zweifellos // das schönste Gedicht über einen Hund / schrieb Sergej Jessenin‹ – doch es handelt von der Grausamkeit der Menschen gegenüber den Tieren, die sich nicht nur in der Sprache, sondern auch in Taten ausdrückt: ›und Jessenins Schrecken‹ – so die Anrede an Miss Suki im Hier-und-Jetzt – ›zweifellos ganz im Glück / *sind dir egal*‹. Ein unbeschwertes Leben und eine Sprache, die ihre Unschuld wiedergewonnen hat, sie werden wirklich in diesen Gedichten – dank Miss Suki. So verteilen sich die achtlose Metapher und das auf die Wahrheit aufmerksame Wort auf zwei Welten – die alltägliche Fremde und die heimatliche der Poesie. Geographisch sind diese beiden Welten nicht zu fassen; sie können überall entstehen, und so werden die Ländernamen zu Metaphern von Lebensformen: Gerade die Rückreise ins – vorgeblich heimische – Deutschland führte vielmehr: ›Direkt in mein / gewöhnliches Unglück/ dem typischen Hin und Her/ für einen wie mich // Nach Deutschland/ wo meine leichte Zunge // Nichts wiegt‹. Wem aber die Unschuld, wie sie im Tier verkörpert ist, wieder geschenkt wird, dem erschließt sich jener Sinn, der noch immer tröstlich in den Worten verborgen ist – trotz ihrer alltäglichen Sprachverwirrung; unauffällig weisen uns Rachowskis Gedichte auf eine Welt ›jenseits von Babel‹, wenn die Sprache und die Menschen im Einklang des Schönen einig sind: ›Englisch oder Deutsch // mein kleiner Hund // versteht alle Sprachen // [...] Passanten jedoch // nur seiner Schönheit wegen // in allen Sprachen / reden ihn an‹.

Noch müssen die Worte freilich Sinn und Gegensinn zugleich tragen; dieses diskrete Paradox beschreibt die Poetologie der einfachen, aber eben zugleich kunstvollen Gedichte; die wahre Sprache der Liebe und Menschlichkeit arbeitet sich, ermutigt von der Unschuld, Freundlichkeit und Wahrheit des Tieres, gleichsam aus der Gegenwelt heraus; gerettet wird das richtige Leben vor dem falschen. Der Rückkehrer besitzt in der Erinnerung an die Unschuld des Tieres ein Unterpfand wahrer ›Heimkehr‹: ›Amerika‹ heißt die ›andere Welt‹, und ›Amerika ist nicht weit‹. Die amerikanische Erfahrung bedeutet eine Herausforderung, auch diesseits des Atlantik: »Hier oder nirgends ist Amerika!« So folgerten schon die Auswanderer im musterhaften deutschen Bildungsroman, Goethes *Wilhelm Meister*. Der Dichter entfaltet den Kontrast seiner parallelen Welten – der alten und der neu hinzugewonnenen – im Gedicht an Miss Suki:

Im Osten
in einer kleinen Stadt
wohnst du

Im Osten
in einer kleinen Stadt
wohne auch ich

In meinem Osten
möchte ich
nicht mehr leben

Mich verbiss *das Tier*
der Einsamkeit
das umgeht dort [...]

In jener Stadt im Osten der USA, zu der dank Miss Suki noch eine Brücke der Erinnerung führt, wird der Abend zur Zeit des Lebens und der Künste; Konzerte finden statt und Lesungen, auch der Autor selbst, dessen Wort im unheimatlichen Deutschland so wenig wiegt, ist zur Lesung eingeladen: »Das ist der Unterschied/ Osten und Osten/ Sachsen und Pennsylvania«. Noch ist Amerika ›nicht hier‹, aber der Besuch von Miss Suki im Vogtland ist eine Ankündigung, die Hoffnung schenkt. Vielleicht ist jene Heimat, deren Chiffre jenes fremde und ferne Amerika ist, das schon für viele Exilierte zur Heimat wurde, auch hierzulande ›nicht weit‹. Utz Rachowski jedenfalls hat nach seinen Erfahrungen in drei deutschen Staaten als viertes nun einen Kontinent der Hoffnung gewonnen, hat gleichsam in einer Lichtung der Menschenwelt, in der Begegnung mit dem Tier, einem kleinen Hund, die Werte menschlichen Lebens erfahren dürfen, hat ein Gespräch in Gedichten – mit Thomas Mann, mit Sergej Jessenin, mit Günter Kunert, mit Walt Whitmann – über Zeiten und Räume hinweg aufgenommen und hat dafür in seinen Gedichten an Miss Suki eine eigene Sprache gefunden.

Gabrielle Alioth;
Hans-Christian Oeser (Hrsg.)

Alles wandelt sich – Echos auf Ovid

208 Seiten
Klappenbroschur
Edition P&L im Bookspot Verlag
ISBN 978-3-95669-083-9
14,80 Euro
Auch als E-Book erhältlich!

Im Jahre 17 n. Chr. starb der römische Dichter Ovid in der Verbannung am Schwarzen Meer. Mit seinen »Metamorphosen«, den »Büchern der Verwandlungen«, in denen er so bekannte Geschichten wie die von Pyramus und Thisbe, Philemon und Baucis, Daedalus und Ikarus, Orpheus und Eurydike, Pygmalion und Galatea, Midas, Europa oder Leda erzählt, hat Ovid ein Werk geschaffen, das Literatur und Kunst der westlichen Welt über Jahrhunderte geformt hat und sie bis heute prägt.

Zweitausend Jahre nach dem Tod des Dichters im Exil lud das PEN-Zentrum deutschsprachiger Autoren im Ausland – vormals Deutscher PEN-Club im Exil – die Mitglieder deutschsprachiger PEN-Zentren dazu ein, sich auf persönliche Weise mit Ovids »Metamorphosen« auseinanderzusetzen und in eigenen Geschichten und Gedichten den Spuren nachzugehen, die das Werk des großen Dichters in ihrem literarischen Kosmos hinterlassen hat. Der vorliegende Band enthält die besten dieser Beiträge.

Burkhard P. Bierschenck

Wenige sind mir mehr

84 Seiten
Klappenbroschur
Edition P&L im Bookspot Verlag
ISBN 978-3-937357-15-7
7,90 Euro
Auch als E-Book erhältlich!

Der Lyriker Burkhard P. Bierschenck vereint in diesem Gedichtband zwei Themen, die ihn in den letzten Jahren beschäftigt haben – den Tod seiner Tochter und die Wut und Verzweiflung über Krieg und Folter und biedermännische Dummheit.

In jeder Zeile wird der jugendliche Zorn des mittlerweile 65jährigen Dichters spürbar. Dass er subtil Stimmungen einfangen kann, hat er bereits in seinen früheren Gedichtbänden bewiesen.

Wer nun stille Altersmilde erwartet hat, der wird jedoch angenehm enttäuscht werden, denn er kann immer noch frech und aggressiv formulieren.